僕の彼女は処女ビッチ生徒会長!?
小説 上田ながの
挿絵 ぎうにう

登場人物紹介

Characters

鶴橋姫《つるはしひめ》

祐馬の幼馴染みの少女。面倒見がよく明るい性格で、男女ともに生徒から慕われている生徒会長。学業もトップクラスの成績で教師からも信頼されている。

上崎祐馬《かみさきゆうま》

幼少期に仲の良かった姫に想いを寄せる平凡な少年。姫の通う進学校に編入するためにひたすら勉強の毎日を送ってきた。

一章　再会!!　初恋のあの子はビッチ生徒会長!?

（遂に来た……。ようやくこの日がやって来たんだ!!）

上崎祐馬《かみさきゆうま》は私立神前院《しんぜんいん》学園高等部正門前でグッと強く拳を握り締めた。

全国的にも知られた超名門進学校である。ただ、進学校といえど、規則でガチガチに縛られているわけではない。生徒達の自主独立を信条とし、自由な校風で知られた学園である。

旨とするは文武両道。毎年多数の学生を帝都大学へ進学させつつ、数多くの競技にて全国大会にも出場している。勉学にいそしむもの、スポーツに打ち込むもの、そのどちらもが夢見る学園——それこそが神前院学園高等部だった。

いま、祐馬はその神前院学園の門を潜ろうとしている。

長かった。ここに来るまで……本当に長い道のりだった……。

初等部時代——神前院学園中等部入学試験を受けて落ちた。それでも諦めきれず、何度も何度も編入試験を受け、そのたびに落とされることとなってしまった。当然高等部受験の際にも、ここを受けている。だが、それも落とされてしまった。

それでも祐馬は諦めなかった。

高等部に入ってからも遊ぶことなく、ただひたすら勉強に勉強を重ねた。親でさえも勉強しすぎだと心配するくらいに……。

実際、何度も受験をやめるようにと言われた。勉強もいいが、高等部生なら高等部生らしいことをすべきだとも言われた。大体、神前院学園は祐馬の家からは二県も離れた場所にある学校なのだから、そんなに拘《こだわ》る必要がどこにあるのか？　とも……。

確かに親の言うとおりだと思う。それでも、諦められない理由が祐馬にはあった。

だから頑張って、頑張って、勉強して勉強して勉強しまくって――遂に突破したのだ。入試よりも難しいと言われる神前院学園高等部編入試験を……。

（ずっとこの日を夢見てた。やっと叶うんだ。夢が。果たせるんだ……約束を。会えるんだ。また！）

一人の少女の姿を脳裏に思い浮かべる。

背中の中程まで届く黒髪に、ぱっちりとした宝石みたいな瞳が印象的な姿を……。とても綺麗で、まるで人形みたいに清楚な女の子……。

頭の中に思い浮かべるだけで、ドキドキと胸が高鳴るのを感じた。

少女の名は鶴橋姫《つるはしひめ》という。祐馬にとっては幼馴染みであり、初恋の少女だ。

姫とは物心つく前からの付き合いである。隣同士の家で、いつもどちらかの家で過ごしていた。それこそ本当の家族みたいにいつもいつも二人一緒に……。

けれど、七年前――その姫が両親の仕事の都合で引っ越すこととなってしまった。

別れたくなかった。ずっと一緒にいたかった。離れたくないと二人で家出までするくらいに……。

　でも、しょせん子供がすること。そんなことで引っ越しを止められるはずもなく、結局別れを止めることなんかできなかった。

　だから誓ったのだ。もう一度会おうと。必ずもう一度――と。

「絶対、僕……姫ちゃんに会いに行くから!!」

「うん……。約束だよ。祐くん」

　二人で指切りした日のことは、今でも鮮明に覚えている。

　祐馬が神前院学園に拘ってきたのは、その約束を果たす為だ。

　別れた後もやり取りしていたメールや手紙なんかで、姫が神前院にいることを知っていたから……。

（会える。姫ちゃんに）

　まだ門前に立っているだけでしかない。そのはずなのに、更に激しく胸が脈打つ。破裂してしまうんじゃないか？　とさえ思えるくらいに……。

　そんな喜びを抱えながら、学園敷地に祐馬は足を踏み入れた。

「え～、それじゃあ以前から話してあったとおり、今日は編入生を紹介する。んじゃ上崎……入ってこい」

　えらくサバサバした口調の担任女教師久米川《くめかわ》春菜《はるな》の言葉に従い、祐馬は教室に入る。

（いるかな？　姫ちゃん、このクラスに）

　姫が所属しているのがどのクラスなのか？　それは聞いていない。何故ならば、この学校に来ること自体姫には伝えていないからだ。どうせだから驚かせてやりたい。サプライズという奴だ。

　姫について知っていることは、春に生徒会長に選ばれたという話くらいである。因みに初等部時代もクラス委員や生徒会長をしていた。そういうところは昔と全然変わっていないらしい。

　だから多分分かるはずだ。校内で会えば一目でそれが姫だと……。

　清楚で可憐。名前のとおりお姫様みたいな生徒会長になっているだろう。間違いない。正直自信ありありだ！

　だから教室に入るなり、キョロキョロと教室内を見回す。まさかクラスが一緒なんてことまでは流石にないとは思うけれど、もしそうだったらこれほど嬉しいことはない——なんてことを考えながら……。

　しかし、やはりと言うべきか、自分の考えが甘かったらしいことにすぐに気付く。

　教室内に姫らしい姿はなかった。

　黒髪にキラキラした瞳、真面目そうで大人しそうな生徒——というのは流石進学校と言うべきか、沢山いる。けれど、あのお人形みたいな顔をした幼馴染みの姿はどこにもない。

（まぁそうそう上手くはいかないよな）

思わずため息を漏らしそうになる——が、一応耐えた。流石に転校してきて初っ端の挨拶前にため息というのは心象が悪すぎる。姫と会うというのは、もちろんだけれど、これまで勉強に捧げてきた分、しっかり友人作りなどもしたかった。

仲良くなれそうな生徒はいるだろうか？

（って、なんだあの子⁉）

そこで祐馬は一人の女生徒に気付いた。

茶髪にメイクという姿の女生徒だ。ウェーブがかかった髪をアップでまとめている。茶髪なんて今時それ程珍しくはない。でも、生徒達の中に一人浮いて見えてしまうくらいには濃い色だった。大体、それ程濃くはないけれど、うっすらとメイクしていること自体目立つ。

しかも、その女生徒が目立つ点はそれだけじゃない。

（ちょっと胸、開きすぎじゃないのか？）

なんてことを思ってしまうくらい、制服ブラウスの胸元が大きく開いていた。白い肌と、胸の谷間が覗き見える。

（お……大きい……）

同年代の女子達と比べても明らかに大きな胸だった。少しでも動けばたゆんっと揺れそうな程に……。締めているボタンも、ちょっと胸を張れば飛んでしまいそうな程である。

（なんだアレ？　ぎゃ……ギャルか？）

ギャル――としか言い様のない見た目である。なんと言うか、モブの中に一人混ざっている主要キャラってくらいに違和感のある存在だった。

(いるんだ……。こんな進学校にもギャルが……)

ちょっと感心さえしてしまう。

ただ、ギャルとは言っても、結構顔立ちは可愛らしい。

祐馬は幼馴染みである姫みたいに、人形っぽくて清楚な感じのする女の子がタイプである。ギャルみたいなのははっきり言って苦手だ。でも、なんだか惹き付けられる感じがする。ギャル系の女の子に対してこんな風に思ったことは一度もない。ちょっと不思議な感覚だった。

何故だろうか？　思わずマジマジと見つめてしまう。

すると、これに対してギャルも自分をマジマジ見つめてきた。少しクリッとした瞳を皿みたいに見開きながら……。

なんだか驚いている様な表情にも見える。

(まずい……ちょっと見すぎたかな)

自分の視線に気付いたのかも知れない。

慌てて祐馬は視線を逸らした。

でも、どうしてだろうか？　なんだかまた見たくなってくる。その顔をマジマジと見つめたく――

（って、何を考えてる！　僕には姫ちゃんがいるだろ!!）

別に恋人同士ってわけではない。ただの幼馴染みだ、しかも七年前に別れた――それくらいのことは分かっている。もしかしたら姫の方に恋人がいるかも知れないってことだって。ただ、それでも構わなかった。彼女にもう一度会うことができれば、側にいることができれば、それだけで……。

そこまで想って来た大切な人を裏切るわけにはいかない。

とは思うのだけれど……。

（なんであのギャルのことが気になっちゃうんだ？）

なんだかもやもやする。自分で自分が分からなくなっていくのを感じた。

「どうした？　緊張してるのか？　駄目だぞこの程度で緊張してるようじゃ。これから一緒にやってく仲間なんだからな」

混乱する祐馬の背を先生がバシバシ叩いてくる。やはりアクティブな人らしい。

「あ、は……はいっ」

ちょっと痛いが確かに先生の言うとおりだ。

まずは自己紹介。あの子のことは気にするな――そう自分自身に言い聞かせつつ、取り敢えず転校生らしく黒板に自分の名を書くことにした。

「えっと……上崎です。上崎祐馬。よろしくお願いします」

カツカツという音を響かせて名前の板書を終え、頭を下げる。我ながら実にシンプルな自己紹介だ。これで大丈夫だったのだろうか？　もっと何か言った方がよかったか？　ちょっと胸がドキドキしてしまう。慣れていないとはいえ、もっと気の利いたことを言えていれば……などという後悔まで。

でも、そんな後悔はすぐに吹き飛ぶこととなった。

何故ならば——

「あああ！　やっぱりっ‼」

という大声が教室中に響いたから。

（やっぱり？　何がだ？）

なんて戸惑いを覚えつつ、祐馬は下げていた頭を上げる。

（あの子——）

視界に映ったのは、先程まで以上に目を大きく開いたギャル少女の姿だった。

しかも、ただ驚きの表情を浮かべているだけではない。立ち上がっている。立ち上がった状態で、祐馬のことを見つめていた。

「どうした？」

これには先生も驚いた様な表情を見せる。クラスメート達も一斉にギャルを見ていた。

でも、ギャルはそんな視線や問いかけには一切答えない。答えぬままにつかつかとこちらへと近づいて来る。

「あ……えっと……なに？」

目の前に立ったギャルに対し、呆然と問いかける。

「なに？　ッじゃないわよもう！　水臭いんだからぁ！　来るなら来るって先に言っといてくれればよかったのにぃ」

来るなら来るで先に言っとく？　ど……どういうことだ？

目を白黒させてしまう。

「っは〜、でも驚いた。教室に入ってきた時から、ホント似てるなぁ〜って思ってたんだけど、まさか祐く――あっと……祐馬本人だったなんて……。ふふっ、サプライズのつもりだった？　だとしたら、見事成功ね」

「成功って……えっと……あの……その？」

何を言っているんだ？　どういうことだ？

混乱する戸惑ってしまう。

「ん？　もしかして、気付いてない？」

こちらの様子がおかしいことを察したのか、小首を傾げて尋ねてきた。

「気付いてないって？」

「……はぁあああ……。もう、結構薄情なんだね。あたしなんて一目見た時から、まさかって思ってたのにさ」

「ど……どういうこと？」

何を言ってるんだ？　この子は……。

と、思いつつ、実を言うと一つの可能性に祐馬は気付き始めていた。

「ホントに分かんない？」

もう一度尋ねてくる。

こちらの顔を下から覗き込む様な上目遣いで……。

ドキドキする。見つめられていると、それだけで顔が熱くなっていく。

全然違う。まるで違う。だけど――。

「もしかして……ひ……姫ちゃん？」

ポッツとその名を口にした。

「あはっ♪　正解～♥」

途端に嬉しそうな笑みを浮かべると、ギャル――鶴橋姫はギュウウウッとクラスメート達の前であっても一切躊躇することなく、祐馬の身体を強く強く、抱き締めてきた。

(あ……温かい……。それに……柔らかいの……当たる)

グニュッと押しつけられる胸の感触が異様な程に心地よくて、身体が蕩けてしまうんじゃないか？　なんて感覚まで覚えてしまう自分がいた。

＊

「でもホント驚いた。まさか祐馬がウチの学校に来るなんてね。いつもメールで編入試験の勉強してるとは言ってきてたけど、凄いじゃん♪　ホントヤルね！」

休み時間になった途端、姫は祐馬の隣に座り、軽く話しかけてきた。ニコニコと笑みを浮かべつつ、バシバシと背中を叩いて来たりする。結構痛い。

「どういうこと姫？　その……上崎くんとどういう付き合いなの？」

クラスメートの女子数人が、こちらを気にした様子で声をかけてきた。

「ああ、祐馬はね、あたしの幼馴染みなの。初等部の頃に別れちゃったんだけどさ、あたしに会いたいからってわざわざ追っかけてきてくれたってわけ」

「――ちょっ⁉」

あまりにあっけらかんとそんな話をする。

一瞬で顔が茹で蛸みたいに真っ赤に染まっていくのを感じた。

「え？　そうなの？　それ……スゴイじゃん。もしかして二人は恋人同士とか？」

マジマジと女子はこちらを見つめて来る。

「いやいや、ただの幼馴染みだって。ねぇ」

「あ……う……うん」

あまりに明け透けすぎる姫の態度に、ロボットみたいに頷くことしかできなかった。ただの幼馴染みという言葉もショックだったし……。

「え～、ホントに？　わざわざ追っかけてくるなんて、普通しないと思うけど」

「あはは、それは冗談よ冗談。ホントの理由はえっと……たしか祐馬ってお医者さんになる夢があるんだよね？　で、将来いい大学に入る為に、いい学校に入りたいって」

「そうなの？」

「え……あ……ま……まぁ一応」

医者になりたい――それが昔からの夢であることは事実だ。とはいえ、医者になる為に重要なのは大学であって高校じゃない。つまり結局はただの言い訳である。とはいえそれでも、色々誤魔化しには使えそうなので素直に頷いておいた。

「なるほどなるほど……でも、本当にそれ冗談なの？」

女生徒は納得した様な素振りを見せつつも、マジマジこちらを見つめて来る。

「あ、それはあたしも気になるな。ホントにあたしを追ってきたんじゃないの？」

これに姫も乗っかる。恥ずかしがる様な素振りはまるで見せない。以前の姫とはまるで違う態度だった。昔の姫なら確実に恥ずかしがっている様な場面なのに……。

でも、全然違うのだけれど、やっぱり姫は姫だ。見た目はギャルに変わっているけれど、クリクリした瞳や、真っ直ぐ通った鼻梁《びりょう》からは昔の面影を見て取ることもできる。そのせいか、ちょっと顔を近づけられるだけで、息が詰まりそうな程に胸がドキドキと脈打つのを感じた。

「……違うって！　ホント……ホント勉強の為だから‼」

恥ずかしすぎるせいだろうか？　嘘をついてしまう。

というか、この場面で姫を追ってきたからです――なんて答えられるはずがなかった。

「そっかそっか……ま、そうだよね。ふふっ」

けれど、姫は気にする様な素振りは見せない。そんな可能性あるはずがないとでも言う様に……。

自分で嘘をついておいてなんだけれど、ちょっと寂しさを感じた。

「だけどさ、ホントよく頑張ったね。凄い。なんだかあたしも嬉しい」

でも、寂しさなんか姫の笑顔を見れば一瞬で吹き飛ぶ。

見た目や雰囲気は変わってしまったけど、姫は姫だ——そう思える様な表情だった。

ここに来てよかった。なんて心の底から思う。

「なぁ鶴橋……ちょっといいか？」

そんな時だった。男子生徒の一人が妙に気さくな様子で姫に話しかけてきたのは……。

「ん？　なに？」

「ああ、ちょっとこれなんだけどさ。この編成どう思う？」

男子はスマホを取り出し、その画面を姫へと突きつける。

「なに？　またソシャゲ？　飽きないわねぇあんたも」

「いい暇つぶしになるから仕方ないだろ。そういうお前だって嵌《は》まってるくせに」

「まぁね～。どれどれ……はは～ん、この編成か」

男子の手を取ると、自分の前にスマホ画面を引き寄せる。その行動にはなんの躊躇いもない。異性の手を取ることに対する躊躇がないように思えた。いつもこうしていると言った感じだ。実際回りも気にしない。手を取られた男子自身だって……。

しかも、それだけでは終わらない。

「って……あんたこれ、ちょっとおっぱいキャラばっかり集めすぎ～。全然実戦向けじゃないじゃん。なに？　もしかしてこの子達をわざと撃沈させて裸にさせる気？　ああ～、これだからエロエロ男子は」

「仕方ないだろ。それが男のSAGAなんだから」

「SAGAって……なにちょっとかっこつけてんのよば～か。でも、こんな編成にばっか拘るとか、あんたちょっと溜まってるんじゃない？」

「別に溜まってなんかいね～よ。毎日ちんこ弄ってるから」

「だからぁ、ちんことか口にするなっての！」

なんてやり取りまで。

(嘘だろ？)

昔の姫はテレビにキスシーンが映るだけで顔を真っ赤にする様な子だったのに……。

軽くじゃれ合うみたいに口にしているせいか、不思議とあまりイヤらしい感じはしない。けれど、呆然とするには十分すぎる光景だった。

「なぁ……えっと、上崎だっけ？」

固まっていると、姫とやり合っていた男子が話しかけてきた。

「へ？　あ……な……なに？」

「いやさ、こいつって昔からこうなわけ？　ちんこちんことか簡単に口にするんだぜ。男からしても困っちゃうよなぁ」

「あ、それは……その……」

なんと答えればいいか分からない。完全に思考回路はショートしてしまう。

「だから〜、ちんこ言ったのはあんたでしょ！」

硬直した自分を余所に、あははっと楽しそうに姫は笑った。

＊

「それじゃああたしは生徒会の仕事があるから。ホントはもっと話したかったんだけど、ごめん。ちょっと最近忙しくてさ。だから、また明日ね♪」

姫のあまりの変わりっぷりに、自分でも何が何だか分からぬままに一日が過ぎてしまった放課後、ギャル幼馴染みはそう言い残すと教室を出て行ってしまった。

見た目や言動は一八〇度変わってしまっているが、仕事に対して真面目な点とかはそのままらしい。そのことに少しだけホッとする。まぁ少しだけだが……。

(帰ろう。ちょっと心を落ち着けたい)

荷物をまとめ、席を立とうとする。

「いいなぁ上崎くんは」

すると、一人の男子生徒が話しかけてきた。

「へ？　何が？」

一体何のことだろうか？

「何がって、あの鶴橋さんの初等部の頃を知ってるんだろ？」

「へ？　あ……う……うん……。まぁ」

今とは全然違うけど。

「やっぱりさ、昔から上崎さんってビッチだったんだろ？　で、初等部の頃にはもう童貞卒業させてもらったんだろ？　だから羨ましいなぁって」

「は？　び……ビッチ？　童貞卒業？」

またも思考が停止しそうな言葉だった。

「ん？　その反応……もしかして昔は違ったとか？」

「違ったっていうか……その……び、ビッチって？」

「ビッチってのはそのままの意味だよ。噂によると頼んだら誰でもやらせてくれるらしいよ。まぁ僕はビッチなんて趣味じゃないから頼みはしてないけどさ。女は処女に限るだろ？」

「は……はぁ」

ちょっと反応に困るぞ。

「でも、ふ〜ん、しかし、意外だな。中等部で入学して来た頃にはもうビッチって噂だったのに……。いつから変わったのかな？」

ふ〜むと男子は腕を組み、なにやら考え始める。

「……そ、その噂、本当なの？」

「本当なんじゃないかな？　鶴橋さんのあの態度を見ればさ」

確かに――と、ちょっとだけ思ってしまう。

が、慌ててブンブンッと首を横に振ってその妄想を否定した。あり得ない。見た目はそれっぽく変わってたけど、まさか姫に限ってそんなこと……。

ちょっと調べてみた方がいいかも知れない。いや、調べたところでどうにかなるって話ではないけれど……。それでも、気になって気になって仕方がないから……。

というワケで翌日から色々な生徒に姫の噂をそれとなく聞いて回ってみた。転校して来たばかりなのに我ながら実にアクティブに……。でも、それくらい噂の真相が気になってしまったのだから仕方がない。

結果、得ることができた情報は――

「だってあの格好だろ？　胸大きく開いてるし、スカートだって誰よりも短い」

確かに姫の胸元は見ている方が恥ずかしくなってくるほどに開いているし、スカートだって今にも下着が見えてしまいそうなくらいに短かった。椅子に座った際に覗き見えるムチッとした太股が、とても目に毒である。

「それに男子とよく話してるしな。まぁそれくらいだったら普通でもあるけど、生徒会長の場合ちんことかおっぱいとか……下ネタもバンバンだし。ありゃ間違いなくビッチだって。違ったら逆に驚くレベルだよ」

ちんこ云々は祐馬自身も聞いている。

「スキンシップも過剰だな。グイグイ身体を押しつけてくる。誘ってるのかってくらいに」

実際転校初日に抱きつかれたことを思い出さざるを得ない証言だった。

これらの話を総合した結果導き出した答えは——鶴橋姫は挨拶代わりにセックスする様なとんでもないビッチである！　というものだった。

そうとしか思えない。と言うか、大多数の男子達はそういう風に認識している。

（ビッチ……姫がビッチ？　いや、まだだ！　まだ決まったわけじゃない！　姫が……あの姫がそんな誰彼構わずなんてあり得ない！　だから……）

噂ではなく、実際に姫を見て確かめなければ——そう思った。

「あのさ姫ちゃん……ちょっといいかな？」

「ん？　何？」

「もしよかったらなんだけど……僕も生徒会の仕事手伝わせてもらっていいかな？」

その為に、こう切り出す。

とにかく姫の近くでその様子を観察したかった。

「え？　マジでっ!?　ほんとにいいの？」

「うん。その、姫ちゃん結構忙しそうだからさ。手伝ってあげたくなって」

「そっか……うん。確かに忙しくて大変だったんだよね。ありがと♪」

ニッコリと笑ってくれる。

その微笑みは昔と何ら変わるところがなかった。思わず見惚れてしまうくらいに、可愛い顔だった。

ただ、あまりに可愛すぎたせいで少し罪悪感も覚え、胸に痛みも覚えてしまう。

(その……噂を確かめる為だけど……頑張ろう！　姫ちゃんの為に‼)

罪悪感をかき消すように、そう心に誓う。

以来、生徒会の一員として活動することになったのだけれど、その仕事は想像していた以上にきついものだった。

生徒の自主独立を謳う校風のせいだろうか？　部活や委員会活動、それに文化祭や体育祭など、ありとあらゆる活動の決済関係を生徒会が行うこととなっていた。そのせいで毎日の様に大量の書類が生徒会室には運ばれてくる。これに印鑑を押し、然るべき場所に運ぶ――目が回る様な忙しさだった。

「思った以上に忙しいんだね生徒会って」

「でしょ～。ほんっと大変なんだから。文化祭が終わるまでこの仕事量が続くと思うとげんなりしちゃう。でも、まぁ生徒会長だからね。頑張らなくちゃ」

自分の仕事に責任感を持っているところは、昔と何ら変わりない。そのことになんだかホッとしてしまう自分がいた。

「ありがとね祐馬。時子《ときこ》とか、みっちゃんもいるけど、それでもちょっと遅れ気味だったんだ。でも、お陰でなんとか間に合いそう。ありがとうね」

時子とみっちゃんというのは副会長と書記のことである。

「別にいいって、僕は姫ちゃんの役に立てれば嬉しいし」

「ふふ……ホントにあ～りがとっ♪」

ただ礼を言ってくるだけじゃない。背後からギュッと抱き締めてくる。

「ほわぁあああああっ‼」

背中に押しつけられる胸の柔らかな感触に、思わず悲鳴を上げてしまった。

「ちょっ！　駄目！　放して！　放してぇえええっ！」

これは不味い――慌ててもがく。

「ん？　どうしたの？　もしかして……あたしのおっぱい……気になっちゃってる？」

けれど姫は放してはくれない。それどころかより強く抱き締めてくる。

「駄目だって！　駄目ぇえええっ！」

「あはは……祐馬か～わいいっ♥」

これだけ忙しければ男と遊ぶことなんかできないはずだ――とは思いつつも、こんな態度にはやっぱり不安を覚えざるを得なかった。


それから数日後の放課後――

「あの……ちょっといいですか生徒会長。話を聞いて下さい」

いつもの様に生徒会の仕事を終え、さぁ帰ろうと昇降口に向かっていたところに、一人の男子生徒（多分一年生だろう）がどこか緊張した面持ちで話しかけてきた。

「ん？　なになに？」

別にもとからの知り合いというわけではない様なのだけれど、気さくに姫は問い返す。

「えっと……その……」

それに対して一年男子は答えることなく、チラチラと祐馬を見てきた。なんと言うか、ここにいられると邪魔だと言いたげな視線で……。

（なんだよそれ……何を話す気なんだ？）

なんだか気になってしまう。

姫とこの男子を二人きりにさせたくない——何となくそう思った。

「ゴメン祐馬。あたしこの子の話し聞かなくちゃいけないから、先帰ってて」

「え？　あ……うん……。分かったよ」

が、そう言われてしまったら無理に残るわけにもいかない。

もやもやとしたものを感じつつ、頷くと、祐馬は一人先に学校を出た。

（でも、やっぱり気になるな）

校門まで到着したところで足を止める。何を話しているのかやっぱり確かめたい。ここは引き返すべきだろうか？

（いや、でも……帰ってって言われたのに戻ったら不自然だろ。でも、だけどなぁ。もしあの噂が本当だったら……。いやいや、あり得ない。姫に限ってそんなこと。いやいやしかし、

姫だからあり得る様な気も）

　迷う。迷う。迷う——校門でひたすら三〇分以上、ただ呆然と立ち尽くした。

（やっぱり……見に行こう）

　そこまで思考し続けて、ようやく決断を下す。ちょっと急ぎ足で多分あの後姫達が行ったであろう生徒会室へと足を向けた。

　やがて生徒会室に到着する。

（入る……。入るぞ）

　なんて気合いを入れながら……。

　でも、その直前で——

「ありがとうございました」

　ガラッとドアが開き、あの一年生が中から出てきた。

　反射的に祐馬は近くに身を隠す。

「いいっていいって……。生徒の為に働くのも生徒会長の仕事だしね。で、どうだった？　スッキリできた？」

　スッキリ⁉

「はい！　凄くスッキリしました」

「そう、よかった。まぁこれからも色々ため込む様なことがあったら、あたしのとこに来てくれていいわよ。たっぷりサービスしてあげる♪」

パチッとウィンクまでする。

「ありがとうございます会長！」

そんな姫に対し、本当に嬉しそうに一年生は笑った。

そのやり取りを見つめつつ、祐馬は姫達に気付かれぬようそっと踵を返し、再び学校を出た。まるで姫達から逃げるように……。

＊

「ちょっと気になってたんだけどさぁ」

翌日の放課後、生徒会活動の時間——いつもの様に仕事をしていると、そんな言葉を姫が投げかけてきた。

「な……なに？」

生徒会室に置かれたソファに座りつつ、顔を上げることなく用意されたプリントの束をパチパチとホッチキスで留めながら首を傾げて見せた。

昨日のことがあるせいで、まともに姫の顔を見ることができない。

「なんかさぁ、今日の祐馬、ちょっと暗くない？」

「へ？　え？　あ……そ……そうかな？　そんなことないと思うけど」

とは答えるものの、暗いのは事実である。それは自分が一番よく分かっていた。それでも、生徒会活動で忙しい姫を煩《わずら》わせたくないので、敢えて別になんでもないと答えてみせる。大体、そのとおり、暗くなってる！　なんて答えられるはずもなかったし……。

もしそのとおりなんて頷こうものなら、多分理由を聞かれてしまうから。

(姫がやっぱりビッチだったかも知れないから……なんて答えられるはずがない)

それに、自分が見たのはあの一年生と別れる場面だけだ。スッキリとか、サービスとか色々気になる言葉はあるけれど、そういうことはなかった可能性だって十分ある。それなのにビッチかも——なんて答えたら姫に対して凄く失礼だ。

だからなんでもないと答える。自分は暗くなんかなってないと……。

「ふ～ん、そっか」

こっちの言葉に姫はそう呟いた。

(分かって……くれたかな?)

少しホッとする。

「——な～んて、答えると思った?」

が、それは間違いだった。

「わっ!　わわわっ‼」

いきなり後ろから抱きつかれる。こちらの首に腕を回しながら、しなだれかかるように体重を預けて来た。

「んふふ～♪」

耳元に唇を寄せつつ、楽しげに微笑みを浮かべてくる。フウッと吐息が耳にかかり、なんだか全身がゾクゾクした。

「な……ななな……なにっ⁉　ちょっ……ひ、姫ちゃん⁉」

吐息を感じているだけで、身体中がドロドロに蕩けそうな気分になってくる。

「嘘ついたって無駄よ祐馬。あんたがいつもと違うってことくらい、あたしには分かるんだから。ブランクは七年もあるけど、伊達に幼馴染みじゃないのよ。ねぇ、何かあったの？　あたしにできることだったら力になるよ」

耳元で囁く様に問いかけてくる。聞いているだけで全身から力が抜けてしまいそうなくらい、心地いい声だった。

なんだかエッチな気分にもなってしまう。

大好きな女の子に躊躇なく抱きつかれるという状況——全身が燃え上がりそうなくらい火照りだし、下半身が熱く疼き出すのを感じた。

「その……だ……大丈夫……。僕は大丈夫だから。えっと……その、本当に辛かったら隠さずに言うからさ」

早くこの状況をなんとかしなくちゃいけない——焦りつつ、重ねてなんでもないと幼馴染みには伝えた。

「そう……？　まぁ祐馬がそこまで言うなら信じるけどさ」

これにちょっと寂しそうな表情を浮かべつつ、姫は離れてくれる。

柔らかな身体の感触や、温かな体温、それにちょっと甘い香りが離れていく——そのことは少しだけ残念だった。でも、助かったとホッと息を吐く。

(落ち込んだ姿とか見せるわけにはいかないな。仕事に集中……集中だ)

心の中で自分自身に言い聞かせ、再びプリントをまとめる作業に戻った。

「ねぇ、お茶入れたんだけど、ちょっと休憩しない？」

それからどれだけの時間が過ぎただろうか？　唐突に声がかけられた。反射的に顔を上げると、ニコニコ笑顔の姫が立っている。

「え？　あ……ああ、うん。そうだね」

先程のことを思い出してドキドキしつつ、頷く。折角の誘いを断るわけにはいかない。

「はい、お茶」

これを受けて姫は茶碗を祐馬の前に置こうとしてきた。

が──

「きゃっ‼」

ちょうどそのタイミングで姫は足を引っかけ、バランスを崩した。

「うあっち‼」

茶碗がひっくり返り、零れる。中のお茶がバチャッと祐馬の下半身にかかった。伝わってくる熱気に、反射的に悲鳴を上げた。

「あ……ゴメン祐くん！　だ……だだだ……大丈夫っ⁉」

これには流石に姫も焦る様な素振りを見せた。

「タオルタオルっ‼」

慌てて壁際に置かれた棚の中から、ハンドタオルを何枚か取り出してくる。

「大丈夫？　火傷してない？」

「ああ……うん。それは大丈夫だと思う」

確かに熱かったが熱湯というわけではない。この程度なら火傷することはないだろう。

「ごめん。ほんとゴメンね」

ただ、姫は本当に申し訳なさそうな表情を浮かべ、何度も謝罪してくる。

「大丈夫だってこれくらい」

姫にはあまり辛そうな表情をして欲しくない。だからなんでもないことを強くアピールするように、笑顔を浮かべて見せた。

「……ありがとう……」

そのお陰だろうか？　嬉しそうに姫も笑ってくれる。見ているだけで幸せな気分になれる様な表情だった。

ただ、姫が向けてくれたのは――

「それじゃあその……濡れちゃったところこれで拭いてあげるね」

笑顔だけではなかった。

「え？　濡れたとこって……」

思わず自分の下半身を見つめる。

ズボン――それも特に股間部分がびしょびしょになっていた。

「い……いいって！」

「よくないよ。風邪引いちゃう。ちゃんと拭かなくちゃ」

「大丈夫だって！　自分でできるし」

股間を拭いてもらう。姫に——あり得ない。無理だ。

当然の様に祐馬は幼馴染みの申し出を固辞したのだけれど、姫はこれを受け入れてはくれなかった。

「あたしに任せて♪」

などという言葉と共に、躊躇うことなく祐馬の身体をソファーの上に押し倒してきた。

「んふふ～♪」

笑いながら躊躇なくお腹の上に乗ってくる。こちらに背中を向ける様な体勢で……。

「ちょっ——ちょっと!?」

ムチッとした太股に腰が挟まれる。その柔らかな感触や、伝わって来る姫の感触に、これは不味いと思いつつも心地よさを覚えずにはいられなかった。

（ヤバいぞ。こんなの……また……）

先程抱きつかれた時に覚えてしまった興奮を思い出す。このままじゃ最悪姫にのし掛かられた状態であそこが硬くなってしまいかねない。

「ゴメン！　大丈夫！　大丈夫だからっ!!」

必死に身を捩《よじ》り、なんとか姫から逃れようともがいた。

「さ～て、ふきふきしてあげるわね♪」

けれど、姫はこちらの抵抗などものともしてはくれない。それどころか暴れるこちらの反応に楽しそうな声を漏らしつつ（見えるのは背中なので表情は見えない。でも、きっと笑っているだろう）、手に持ったハンドタオルを濡れた股間部へと伸ばしてきた。

そうすることが当然という様に、タオルを押しつけてくる。もちろん、押しつけるだけで終わりはしない。そのままゴシゴシと擦り始めてきた。

「うああっ」

好きな女の子に自分の大事なところを擦られる——とんでもない状況だった。いけないいけないと頭の中では思いつつ、それでもどうしても妄想せざるを得なかったシチュエーションによく似ている。

（ホントに不味いっ!!）

こんなの我慢できない。この状況で興奮を抑えるなんて絶対に不可能だ。

とはいえ、のし掛かっている姫を押しのけることなんか無理である。結果、ただ腰を左右に振るくらいのことしか、祐馬にできることはなかった。

もちろん、その程度の抵抗、なんの意味もない。

「んっふっふっふ～ん♪」

男子の股間に触れているとは思えない程に上機嫌な様子で、鼻歌なんかを歌いながら姫は更に祐馬の股間にタオルを強く押しつけてきた。

（普通……男子の股間に触るなんてできないよな？　躊躇するよな？　やっぱり……これって、慣れてるってこと？）

そう思わざるを得ない状況だった。

一瞬脳裏に裸で男子に跨がり、勃起したペニスをシュコシュコと躊躇なく扱く姫の姿が思い浮かぶ。

剥き出しの白い肌を、張りのありそうな乳房を、キュッと引き締まった括《くび》れを、どうしても想像してしまう。妄想してしまう。当然の様に興奮してしまう。

結果――

「あれ……これ……って……」

気付かれてしまった。こちらの興奮を姫に……。

「硬くなってる？　もしかして祐馬……ちんこ……おちんちん……勃起させてるの？」

どこまでも露骨で、ストレートな言葉が向けられた。

確かに姫が言うとおりである。肉槍は硬くなってしまっていた。痛々しい程に屹立《きつりつ》してしまっていた。

「ち……ちがっ‼」

あまりに恥ずかしすぎる。早くこの状況から逃げ出したい。だからこれまで以上にもがくのだけれど、姫はそれを許してはくれなかった。

「そんなに焦る必要ないって。ふふっ。でも、祐馬も男の子なんだね。こんなに大きく…

……硬くするなんて」

こちらを逃がしてくれるどころじゃない。

嬉しそうな声を漏らしつつ、ズボンの上からではあるけれど当然の様に勃起したペニスにタオルではなく、指で触れてきた。

「ふあああっ！」

勃起状態の肉棒に他人に触れられるなんて、生まれて初めてのことである。肉茎にほんの少し指が触れただけで、情けない悲鳴を漏らすと共に、全身に電流でも流されたみたいに肢体をビクッと震わせてしまった。

いや、震えたのは肢体だけじゃない。

「凄い……おちんちんビクビクしてる」

勃起した肉棒も跳ねるような反応を示してしまう。

「すっごい元気」

そう一言姫は呟く。その声は、今まで聞いたことがないくらい艶やかな響きを伴ったものだった。

「も……もういいから。その、降りて。恥ずかしいよ」

頭がクラクラする。のぼせてしまうんじゃないかと考えてしまうくらいに、全身が熱くなっているのを感じた。これ以上この状況は不味い。自分がどうにかなってしまいそうな気さえした。だから行為の中断を訴えるのだけれど……。

「……お茶を零しちゃったお詫《わ》び、してあげるね」

「へ？　お詫びって？」

この疑問に対し、姫は言葉ではなく行動で答えてくれた。

屹立した肉棒のせいで内側から膨れ上がってしまったズボンのベルトに手をかけてきたかと思うと、これをカチャカチャと外してきた。ファスナーに手をかけ、下ろしてくる。あっさりとズボンは脱がされ、ボクサーパンツが露わにされてしまった。

「パンツ……破れそうなくらい膨らんでる。こんなにするくらいあたしで興奮しちゃったんだ。ふふ……嬉しい♪　それじゃあこれも脱がせてあげるね」

下着を剥き出しにされた時点で、思考が吹っ飛びそうなくらいに恥ずかしい。けれど、これだけで姫は満足してはくれなかった。

こちらの羞恥などお構いなしに、ボクサーパンツにも手をかけてくる。当然この間も「駄目だって！　それは……それは駄目だよ‼」と必死に訴え続けはしたのだけれど、やはり聞き入れてなどもらえなかった。

下着まで剥ぎ取られる。大事な部分を剥き出しにされてしまう。これまで押さえつけられる様な状態になっていた勃起棒が、ビョンッと跳ねるように勢いよく飛び出した。

「……おっきい……」

上半身を曲げて、顔を肉棒に近づけた状態で姫は熱い吐息を漏らす。はぁあああっという息がペニスにかかり、なんだかこそばゆい感じがした。

ゾクゾクとしたものが全身を駆け抜けていく。まだ何もされていないと言うのに、射精してしまいそうなくらいに興奮が高まっていくのを感じた。

「祐馬のおちんちん……震えてる。気持ちよくして欲しいってあたしに訴えてるみたい。ふふ……いいよ。たっぷり気持ちよくしてあげるね」

もちろんペニスを剥き出しにしただけで終わりではない。

そっと肉棒に手を伸ばしてきたかと思うと、肉茎に指を絡めてきた。

「うああっ」

生温かな感触がペニスに絡み付いてくる。触れられたのは肉棒だけでしかない。だと言うのに、まるで全身を抱き締められている様な感じがした。身体中を包み込まれている様な感覚とでも言うべきだろうか？

「あっつい。あたしの手……火傷しちゃいそう。それに……凄く硬い。祐馬のおちんちん……こんなにおっきくなるんだ。こんなに逞しく、あたしで……はぁああぁ」

肉棒の感触を確かめるように、幹を掌でにぎにぎと握り締めたり緩めたりしてくる。

「あっふ……くはぁああ……あっあっ……そんな……うああっ……」

ただそれだけの行為でしかない。けれど、否定できない程の心地よさを覚えてしまう自分がいた。思わず声まで漏らしてしまうほどに……。

「その声、気持ちいいの？」

肉棒を握ったまま、振り返り、こちらを見つめて来る。

向けられた顔――その頬は心なし赤く染まっているように見えた。瞳もなんだか潤んでいる。その顔は姫の〝女〟を感じさせるものだった。

見ているだけで、ドキッと心臓が高鳴る様な顔。

ただ、まだ理性は残っている。

学校でこんなことをしてはいけない。まだ恋人同士というわけでもないのに、エッチなことなんかしちゃいけない――と、理性は訴えて来ていた。

「う……うん。気持ち……いい……」

それでも姫の言葉に頷いてしまう。素直に快感を口にしてしまっていた。昔からずっと大好きだった女の子に肉棒を握られるという夢にまで見てきた状況――拒絶なんてできるはずがない。

「そっか……ふふ」

頬を赤く染めつつ、嬉しそうに微笑んでくれる。その様に更に胸は高鳴り、より肉棒が熱くなっていくのを感じた。

「あ……これ……まだあたしの手の中で大きくなってる。祐馬、ちょっと興奮しすぎだよ。でも、喜んでもらえるのは嬉しいかな。だけどね、これくらいで満足しちゃ駄目だよ。本当に気持ちがいいのはここからなんだからね」

「本当にって……な……何を？」

「もちろん、こうするのよ♪」

ペニスを握るだけで姫は満足しない。ペロッと一度自分の唇を舐めると、再び顔をペニスの方へと向け、そのままシコシコと肉茎を扱き始めてきた。

「くぅうっ!!」

柔らかな掌で敏感部分を擦り上げられる。反射的に声を漏らしてしまうほどの愉悦が下腹部に広がっていくのを感じた。腰が自然と戦慄《わなな》いてしまう。

「男の子って、こうやっておちんちんを擦られるのが気持ちいいんでしょ？　この辺？この辺りを擦られるのがいい？　それとも……ここ？」

ただ上下に摩擦してくるだけではない。

時折チラチラとこちらの様子を確認するように視線を向けつつ、ペニスの付け根やカリ首、それに肉先に指を這わせて来た。

「そ……そこ……あぁ……そこが……いいっ」

気持ちよすぎる。まともな思考力さえもなくなってしまいそうなくらいに……。

ほとんど無意識のうちに快感を肯定してしまう。

「そっか……ここか」

そんなこちらの反応に嬉しそうな表情を浮かべると、カリ首を指先でなぞるように幾度も幾度も擦り上げてきた。

指が蠢くたび、発熱でもしているみたいに熱くなっていた肉棒がより熱を持っていく。ただでさえ大きくなっていたペニスが、一回りも二回りも膨張していった。破裂してしまうんじゃないか？　とさえ思える程に亀頭も膨れ上がっていく。当然の様に肉先からは半透明の汁が溢れ出し始めた。

「お汁が出てきた。ふふっ、ネチャネチャしてる」

　嬉しそうな声を姫は漏らす。溢れ出したカウパーに、躊躇うことなく指を這わせて来た。汁が掌に絡み付く。肉先と指の間に、ネトッとした半透明の糸まで伸びた。

「はぁ……はぁ……はぁ……」

　吐息をどこか荒いものに変えながら、この汁を掌で絡め取ってくる。肉汁で手や指を濡らしながら、肉棒全体にそれを押し広げようとするように、これまで以上に手扱きを激しいものへと変えてきた。

　この動きに合わせてグッチュグッチュグッチュという淫靡《いんび》な音色が生徒会室中に響き始める。耳にしているだけで、理性なんか完全に吹き飛んでしまいそうなくらいエッチな音色だった。

　出したい。このまま射精してしまいたい――どうしようもないほどに本能が膨れ上がっていく。

「い……いけないよ。汚い……。汚いから」

　最後の理性を振り絞っての言葉だった。

「汚くなんかないわよ。ほら、こんなことだってできるんだから」

　しかし、やはり聞き入れてはもらえない。姫は手を止めてはくれなかった。

それどころかただでさえペニスに寄せていた顔をより近づけてきたかと思うと——

「んっちゅ♪」

躊躇いなく口唇を肉液で濡れそぼった亀頭に密着させてきた。まるでキスでもするみたいに……。

「あっ！　うぁあああっ!!」

柔らかく生温かい感触が亀頭に伝わってくる。当然の様に半開きになった口から悲鳴を漏らしてしまった。

「んふふ……ほら、気持ちいいでしょ？」

唇と肉先の間に粘液の糸を伸ばしつつ、妖艶に微笑んで見せてくる。

その上で再び肉棒に視線を戻したかと思うと、またも肉先にキスをしてきた。それも一度や二度ではない。

「んっちゅ……くちゅうっ……。ちゅっちゅっちゅっ……むちゅううっ……」

餌を啄む鳥のように、何度も何度も繰り返し唇を押しつけて来た。

亀頭やカリ首、肉茎——その上陰嚢《いんのう》にまでキスをされる。ねっとりと、妖艶に……。

しかも、それだけでは終わらない。

童貞少年にとってあまりに刺激が強すぎる状況だった。

「んっふ……はぁあああ……まだよ。ほら……こんなのはどう？」

などという言葉と共に——

「んれろっ！　むっちゅ……れろぉおおっ……。んれろっ……れろっれろっ……くちゅれろぉおっ……」

舌まで伸ばし、祐馬の肉茎に這わせて来た。

アイスでも舐めるみたいに亀頭をペロペロと刺激し、カリ首を舌先でなぞってくる。肉茎にまでねっとりと絡み付け、陰嚢まで舐《ねぶ》りに舐ってきた。

肉棒が先走り汁だけでなく、唾液でまでベトベトに濡れそぼっていく。

「あ……や……やばいっ！　それ……ヤバいって……駄目！　耐えられない！　我慢できないからっ‼　出ちゃう……姫ちゃん……これ……出ちゃうよっ！」

否定できない程の性感が屹立に刻まれていく。ペニスが内側から弾けてしまうんじゃないか？　と思う程に射精衝動が膨れ上がって来るのを感じた。強すぎる肉悦——抑えることなんかできない。

「んちゅうっ……んふふっ……いいよ……。出したいなら出して。祐馬の精液……ドビュドビュってしていいよ。ほら……んっも……もふううっ……」

言葉と共にんあっと口を開いたかと思うと、そうすることが当然だとでも言うみたいに、姫は肉棒を咥え込んで来た。小さな口を顎《あご》が外れてしまうんじゃないか？　と思えるくらいに大きく開いて……。

肉棒が生温かい口腔に包み込まれていく。口腔粘膜が、舌が、何時射精してもおかしくないくらいに膨張した肉棒に絡み付いて来るのを感じた。

「んげほっ！　げほっげほっ……」

ただ、ここで一端姫は動きを止めた。大きなペニスを咥えて噎《む》せる様な仕草を見せる。その様はなんだか苦しそうにも見えるものだった。

「姫ちゃん、あんまり無茶は」

「む……無茶？　しょんにゃこと……にゃいわよ。ほりゃ」

ペニスを咥えたままその様な言葉を口にしつつ、更に肉棒を喉奥まで咥え込んで来る。

「うぁああっ！　と……溶ける！　駄目だ。ホントに……い……イッちゃうよ」

「らからいいって……らひて……たくひゃん……もっじゅ……むじゅうっ！　んじゅっぽ！　げっほ……げほげほっ！　んじゅっぽ……んじゅっぽ！　じゅっぽっじゅぽっ……じゅぽぉおお」

ただ咥えてくるだけではない。射精の後押しでもするみたいに、頭を前後に振ってくる。時折噎せつつも、ジュッポジュッポジュッポと卑猥すぎる音色を奏でながら、窄めた口唇で幹を繰り返し扱き上げてきた。

視界が明滅する。強烈なまでに肉悦が膨れ上がる。

「ああ……駄目だ！　出る！　で……るぅうっ！」

性感を抑えられない。

膨れ上がる快楽の、射精衝動の赴くままに――

どびゅばっ！　ぶっびゅ！　どっびゅどっびゅどっびゅどっびゅ――どびゅるるるぅ！

「もぶううっ！　んっぷ!!　もっもっもっ――んもぉおおっ！」

遂に祐馬は幼馴染みの口腔に向かって精液を撃ち放った。

「くううっ」

全身が脱力しそうな程の愉悦に呻き声を漏らしつつ、精液を流し込む。

「んっく……むふっ……んんんんんっ」

これに対して姫は一瞬身体を強張らせつつも、最後の一滴まですべて口腔で受け止めてくれた。

「んっじゅ……ちゅずるるるぅ」

頬を窄めて肉棒を吸引するというおまけ付きで。

「んぐ……ちゅぽんっ」

やがて、肉棒から口を離す。

「んんん……むふううっ……うっぷ……げほっ……はぁ……はぁ……た……たくひゃん……れたね♪」

口内に溜まった精液を吐き出さないようにする為か、ちょっと顔を上向きにしつつ、口端からタラッと白濁液を垂らしながら、嬉しそうな微笑みを浮かべてくれた。

その姿に一瞬祐馬は見惚れてしまう。抱き締めたい。起き上がって姫をギュッとしてやりたい――そんな感情が膨れ上がってくるのを感じた。

だが、自分と姫は恋人同士というわけではない。

「あ……その……ご……ごめん」

とんでもないことをしてしまった――そんな感情がわき上がり、反射的に謝罪する。

「いひよ……。あたひがしてっていったんらもんね♪」

白濁液で口内をいっぱいにしたまま、そう言ってくれる。

その上で――

「んっぎゅ……ごきゅっごきゅっごきゅっ……。んっく……んんんっ……けぷうっ……」

ゴクゴクと喉を上下させて、射精した精液を飲み干すなどということまでしてくれた。

「ごちそうさま♪」

精液臭い息を吐きながら、礼の言葉まで……。

その姿に、更なる興奮を覚えてしまう自分がいた。

＊

「その……えっと……」

行為終了後、衣服を整えた後、躊躇いつつ姫に話しかける。

なんと言うべきだろうか？　何を話せばいい？

それは分からない。

でも、黙ったままだと気まずさに耐えられない様な気がしたから……。

「あ……ごめんっ！」

これに対して姫は唐突に謝罪の言葉を口にしてくる。

「え？　あ……ど……どうしたの？」

「いや、それがさ、ちょっと忘れちゃってたんだけど、あたし、この後バイトがあったんだよね。すっかり忘れてた。だからゴメン。話はその……また今度……うん。そうだ、今度ね！　悪いけど後片付けよろしく！」

バイトの時間が迫っているからだろうか？　姫は何度も自分の唇を指先でなぞりつつ、ちょっと焦った様に早口でそう告げてきたかと思うと、さっさと生徒会室を出て行ってしまった。

一人、祐馬は残される。

「………気持ちよかったな。でも……」

躊躇うことなく手で、口でしてくれた——やっぱりそういった行為に慣れているからなのだろうか？　そう考えると、なんだか胸がとてももやもやしていくのを感じた。

二章　あたしと……する？

「どう？　水着、似合ってる？」

生徒会室の出来事から数日後の水泳の授業にて――スク水姿となった姫が、祐馬に対して自分の身体を見せつける様なポーズを取って見せてきた。

左手を腰に、右手を頭の後ろにした上で、胸を突き出し、腰を曲げるというモデルみたいな姿勢である。大きな胸が、キュッと引き締まった括れが、プリッとしたヒップが、強調される様な体勢だった。

しかも、しかもである。

そんなポーズを取る姫が身に着けているスク水は、ただのスク水とは違うものだった。

デザイン自体は普通のスク水と変わらない。だと言うのに、他の女子達が身に着けているものと比べると、なんだか小さい様に見えた。本来姫が身に着けるべきサイズよりも一回り下の様に思える。

そのせいか、胸や腰の肉がなんだかはみ出している様にも見え、とてもエッチな感じがしてしまった。

そんな肢体を恥ずかしがることなく見せつけてくる。

「あ……その……えっと……」

正直見ていられない光景だった。ただでさえ姫を見るだけで生徒会室の一件を思い出して興奮を覚えざるを得ないのに、更にこれである。

姫はあの日のことを気にしていないのだろうか？

などということを考えつつ、慌てて視線を逸らす。

これから水泳の授業だって言うのに、勃起してしまいかねない状況だった。

「ねぇ、どう？　感想言ってよぉ」

けれど、姫は視線を逸らした先に移動し、より自分の身体を見せつけてくる。

「似合ってる……。凄く似合ってるよ」

姫を満足させるには、そう言わざるを得なかった。実際似合ってはいるし……。

「んふふ、そっか、似合ってるか。ありがとね♪」

嬉しそうに姫は笑う。その顔は――やっぱり見惚れそうになるくらい可愛らしいものだった。やっぱり自分は姫が好きなんだと改めて認識させられもする。

ただ、好きなんだけれど、ギャルっぽくなっても本当に可愛いのだけれど――

「でも、どうしてあたしから目を逸らすの？　もしかして、この格好……ちょっと刺激的すぎたかしら？」

なんてことを言いながら胸の谷間を強調する様な姿勢を取ってくる様なところとかには、本当に困ってしまう自分がいた。

性的なことに対してあまりに明け透けすぎる。

思わずゴクッと息を呑んでしまう。

「あ……今息飲んだ。もしかして、興奮しちゃった？　またこの間みたいに勃起でもしちゃった？」

囁く様に問いかけてくる。それどころか耳にフウッと息まで……。

「おわぁあああっ‼」

思わず声を上げ、慌てて姫から距離を取った。

「あはは、祐馬慌てすぎぃ」

ケラケラと楽しそうに姫は笑う。

とても楽しそうな姿だった。見ているとこっちまで笑いたくなるくらいに……。

でも、同時にちょっと思ってしまう。こんな風に自分の身体で男をからかうなんて、やっぱりビッチなのかな——と。

「凄いな鶴橋……。ホントエロい」

「あんなビッチと同じクラスになれてよかった。最高に目の保養になる」

「いやいや、水泳の時間にアレはヤバいだろ。事実俺……ヤバいぞ」

実際クラスメート達は完全に姫をビッチギャルとして見ていた。

ヒソヒソと話しつつ、鼻の下を伸ばしながら姫を見る。中には明らかに腰を引いた体勢を取っているものまで……。

（あ……あんまり見るな！　姫を見るなあああっ‼）

なんて叫び声を上げたくなる状況だった。

＊

放課後——またしてもスク水姿となった姫が、昼間とまったく同じポーズを取って見せてきた。

「どう？　水着、似合ってる？」

ん？　なんだこの光景？　デジャブ？

「だからその……水泳の時も言ったじゃん」

「そうだけどさぁ。もっかい。ねぇ、お願い」

こちらの手を取り、ギュッと乳房を強く押しつけてくる。ムニュッと潰れる乳房の柔らかな感触が生々しい。頭がクラクラするのを感じつつ、慌てて姫から離れようとする。

しかし、姫は逃亡を許してはくれない。

「だ～め。ちゃ～んと水着の感想言ってくれるまで放さないんだから」

それどころか更に強く乳房を押しつけてくる。

「だ……だからその、似合ってるよ。凄く……可愛い」

「えへへ♪」

嬉しそうに笑いつつ、更に強く腕を——

「って、放す約束だろ！」

「もう、はいは～い」

などとちょっと不満そうにしつつも、一応姫は腕を解放してくれた。

「本当はもっとギュッとして欲しいくせに」

確かにそれはそうだけど……。

「って！　そんなことない！　そ、それより生徒会の仕事しないとだろ！」

因みに仕事というのはプールの見回りである。

現在学園は中間試験の準備期間中であり、部活などの放課後活動は原則禁止になっていた。が、学生の中には部活に命をかけているものも多い。というワケで、試験期間中であっても隠れて部活をしているものも結構な数いるのである。

その取り締まりも生徒会の仕事だった。

(生徒会の試験勉強はどうなるんだって話だけど……生徒の自主独立云々ってのが建て前なんだろうなぁ)

などということを考えつつも、実際試験に関してはあまり心配してはいない。

伊達に超難関編入試験を突破してきたわけではないのだ。でもってその辺は姫も同様らしい。話によると姫は常に学年トップスリーに入るほどの成績らしい。流石だ。

「む……仕事か。それじゃあ仕方ないわね」

見た目は変わっても与えられた仕事に対する責任感は変わっていないらしく、納得した様子で姫はプールサイドを歩き始めた。

プール周辺から更衣室、シャワー室まで、生徒達が隠れていないか一通り見て回る。

（別に二人でする様な仕事じゃないよな。第一、水着に着替える必要もないし。でも、姫に付いて来てって言われちゃったら断ることなんかできないよなぁ）

などということを考えながら……。

その途中、制服を身に着けた女生徒数人がプールへと入ってきた。

「あ、いたいた、会長！　ちょっといいですか？」

「ん？　なに？　あたしに何か用？」

足を止め、首を傾げる。

「その……ちょっと相談に乗って欲しいんです。会長ならいい答えをくれるかなって」

「相談？　どんなの？　あたしに答えられることならいいけど」

「ありがとうございます。実は……」

そう言うと女生徒の一人は、チラッと祐馬を見つめてくる。

「あ、もしかして邪魔？」

「……すみません」

「いいっていいって」

異性には話しづらいということもあるだろう。

「ゴメンね」

申し訳なさそうな表情を浮かべて見せてくる姫に対して「大丈夫だよ」と言って笑いかけてやりつつ、祐馬は女子達から少し距離を取った。

「ありがとうございました。参考にしますね」

それから大体三〇分ほどした頃、女子達はそう言って姫に頭を下げ、プールから出て行った。悩みは解消されたのだろうか？

「待たせちゃってゴメンね」

「いや、別に。でも、何の話だったの？　って、折角内緒にしてたのに聞いちゃったら不味いかな」

「ん～。そんなこともないよ。その、ほら、よくある恋の相談って奴？　好きな男子がいるんだけど、どんな風にアピールしたらいいか分かんないって。だからあたしに教えて欲しいってさ」

「え？　あ、そうなんだ。その……そういう相談ってよくされるの？」

「うん。まぁねぇ。相談しやすいのかなあたしって？　どう思う？」

「どうって……それは……そ……そうなんじゃない」

と答えつつ思う。

女子達も姫が経験多そうだって思ってるからなんだろうなぁ――と。

でも実際のところはどうなんだろう？　まだ分からない。まだ……。

「あのさ……それで、姫ちゃんはなんて答えたの？」

恐る恐る問う。

「なんてって、そんなの簡単よ。男なんて色仕掛けすればイチコロだってね」

するとえ姫はエッヘンと胸を張ってそう答えてきた。

「い……色仕掛けっ⁉」

一瞬硬直してしまう。

「そういうこと。もっと分かりやすく言えば、男なんてやっちゃえば一発だってね」

「やっちゃうって……え……な……何を？」

あまり答えは聞きたくないけれど、聞かずにはいられない。

結果、返ってきた答えは――

「なにって、そんなのエッチに決まってるじゃん」

最も聞きたくなかったものだった。

「え……エッチって……」

頭の中が真っ白になる。すべての思考が飛んでしまいそうだった。

「祐馬だってエッチな女の子が目の前に現れたら、一発で好きになっちゃうでしょ？」

「それは……その……」

実際自分はエッチな女の子である姫が好きなわけで……。

いや、でも、姫がこんな風にエッチになる前から好きだったわけだから、それも違う様な。いや、でも、しかし……。

混乱する。頭の中は滅茶苦茶だった。姫の言葉に何と答えればいいか分からない。

だからだろうか？　そんな風に混乱してしまったせいだろうか？

「それって……つまりさ……ひ……姫ちゃんはもう男子とエッチしたってこと？」

気がつけばそう口にしてしまっていた。

「え？」

一瞬姫は動きを止める。

「あ……その……ご……ゴメン。変なこと聞いちゃった」

幼馴染みの反応に正気に戻る。

慌ててなんでもないと首を横に振った。

けれど姫はしばらく何かを考える様な表情でこちらを見た後——

「あったり前でしょ」

なんて答えてきた。

「へ……当たり前？」

「そうよ。今時あたし達みたいな歳で処女とかあり得ないって。祐馬だってしたことくらいあるでしょ？」

きわめて当然のことの様に聞いてくる。

「したことくらいって……そんなの……な……ないよ」

していた。既に姫はエッチを……。つまり、やっぱり噂どおりのビッチだった？

そんな事態に頭を強く殴られたみたいなショックを受けながら、祐馬は嘘をつくことなく正直に答えた。

「ないって……ホントに？　童貞ってこと？」

「……う……うん……童貞だよ」

見栄を張ったって仕方ない。コクッと頷いた。

「ふ～ん……そっか……そうなんだ。祐馬は童貞なんだ。祐くんは童貞……」

この答えに対し、心なしか嬉しそうな表情を浮かべつつ、噛み締めるように童貞童貞と呟いてくる。

「ちょっ！　そ、そんなに繰り返さなくたっていいだろ」

流石に好きな女の子に童貞童貞繰り返されるのは辛い。

「あ、ゴメンゴメン」

やっぱりどこか嬉しそうに、姫は謝罪してきた。

その上で――

「それならさ……その……お詫びと言ったらなんだけどさ、もしよかったらあたしと……する？」

なんてことを尋ねてきた。

「…………は？」

先程まで以上の驚きを覚えてしまう。目が点になった。

今自分が聞いたのは幻聴か？

「いま……なんて？」

「なんてって……だから、あたしとしてみる？　エッチ」

聞き間違いじゃなかった。

水着姿の姫が、上目遣いでそんなことを聞いてくる。

「あ……その……えっと」

何と答える？　どう答えればいい？

更なる混乱を覚えつつ、呆然と姫を見つめた。

大きな胸元や、ムチムチとした太股が視界に映る。ずっとずっと会いたかった、大好きだった女の子の肢体が目の前にあった。

「どうする？」

多分こちらの視線に気付いているのだろう。その上で、挑発する様に尋ねてくる。

「あ……その……う……うん……」

これに対し、気がつけば祐馬は頷いてしまっていた。

＊

「うん。よし！　ここなら誰も来ないよね。鍵もしたし……。さて、それじゃ……始めようか」

プール脇の更衣室に二人で入る。

壁の左右にロッカーが立ち並び、中央部分に低めのベンチが置いてあるという部屋だ。

その部屋にて、祐馬は姫と水着姿で向き合う。

(する？　エッチを？　姫と？　嘘だろ？　い……いいのか？)

などと考えずにはいられない状況だった。

もしかしてこれはドッキリなんだろうか？　とさえ思えてしまう。

しかし、目の前には姫がいる。小さめのスクール水着を身に着けるというエッチな姿の大好きな幼馴染みが……。

胸に、括れに、太股に——どうしても視線が向いてしまう。

水着に締めつけられたことによってできた谷間や、水着からちょっとはみ出している尻が視界に飛び込んで来る。

「はぁ……はぁ……はぁ……」

理性ではこんなのやっぱり駄目だと思いつつも、どうしても息を荒くしてしまう自分がいた。いや、息だけじゃない。

身体中が熱く火照り始める。下腹部が疼き、自然とペニスが屹立していった。

「あ……おちんちん……また大きくなってきた」

当然姫に気付かれてしまう。

「ゴメン」

なんだか恥ずかしかったし、どうしてか申し訳なさも感じてしまった。

その為、反射的に謝罪の言葉を口にしつつ、姫に対して背を向けようとしてしまう。

が、背を向けることはできなかった。

何故ならば——

「謝る必要なんかないわよ」

という言葉と共に、ギュッと姫がこちらの身体を抱き締めてきたから……。

「あ……へ……ふぇっ？」

あまりの事態に情けない声を漏らしてしまった。

柔らかな胸が自分の胸板にグニュッと押しつけられ、簡単に形を変える。

水着の上からではあるけれど、フカフカとした感触が堪らない程に心地よかった。

「ふふ……安心して、あたしに任せて」

こちらを抱き締めつつ、耳元に唇を寄せ、ボソッと囁いてくる。耳にするだけでゾクッとしたものが背筋を駆け抜けていった。

同時に頭がどうにかなりそうなくらいに興奮が高まっていく。

「ひ……姫ちゃんっ‼」

そのせいだろうか？

気がつけば祐馬も感情の赴くままに姫の身体を抱き締め返していた。

「ふふっ……あったかいね♪」

「あ……う……うんっ」

確かに姫が言うとおりだ。凄く温かい。

抱き締めているだけで、身体が内側からポカポカしてくる。伝わってくる体温が堪らなく心地よかった。

「祐馬のここ……凄く硬くなってる」

ただ抱き合うだけで終わりではなかった。

こちらの身体を抱き締めながら、片腕を股間部へと伸ばし、水着越しではあるけれどペニスに触れてきた。

「あっ……くふうっ……」

ただ触れられただけでしかない。

だと言うのに、思わず声を漏らしてしまう。

いや、声だけではなく、これだけだと言うのにすぐにでも射精してしまいそうな程に肉悦を膨れ上がらせてしまう自分までいた。

「んふふ……すっごく反応してる。この間みたいにおちんちん……ビックンビックンって震えてるよ」

などということを囁きながら、更に姫はこちらの股間を擦ってくる。優しい手つきで何度も何度も、水着の上から痛々しい程に勃起した肉棒を撫で回してきた。

ゆっくりと、淫靡に指が絡み付いてくる。水着越しにペニスの裏筋を撫で上げるように、シコッシコッシコッと刺激を加えてきた。

本当にただ撫でられているだけでしかない。だと言うのに、自分で自慰をする時とは比べものにならない程の愉悦を覚えてしまう。

「うっく……あぁあっ……はぁあああぁ……」

自然と荒い吐息を漏らしてしまう。

膨れ上がる性感や、興奮に比例する様に、肉棒を更に大きく、硬く膨張させていった。

「凄い……祐馬のおちんちん……水着からはみ出してる。膨らんだ先っぽが顔を出しちゃってるよ」

亀頭が水着からはみ出す。

これに気付いた姫は嬉しそうな表情を浮かべると、そっと掌で肉先を撫で回してきた。子供にいい子いい子をするように、円を描く様な手つきで亀頭を愛撫してくる。

もちろん、それだけでは終わらない。

時には指先でカリ首をなぞり、時には尿道口を上下に擦り上げてきたりもした。ぐりぐりと強く指で圧迫してきたりもする。

「それ……ううう……き……気持ちいい……」

思わず快感を口にしてしまうほどに、刻まれる性感は心地いいものだった。

「本当に気持ちよさそうね。おちんちんの先から……また汁が出てきた」

幼馴染みの言葉どおり、この間フェラチオをしてもらった時と同様に、肉先から先走り汁を分泌させてしまう。

「すっごくねっちょりしてる。あたしの手に……指に絡み付いてくる。ほら……この音、聞こえる？　とってもエッチな音がしてるよ」

これを前回同様姫は躊躇なく掌や指で絡め取ってくれた。その上で――

ぐっちゅ……ぬちゅるぅうっ……。ぐっちゅ……。ぬっちゅぬっちゅぬっちゅ……。

わざと卑猥な音色を奏でてくる。

掌をグッショリと粘液で濡らしながら、亀頭全体を濃厚な牡汁塗れに変えてきた。

「凄すぎる！　くうう！　こんなの……あっあっ……すぐ……すぐ出ちゃうよ」

まるで女の子の様な嬌声さえ漏らしつつ、絶頂感がわき上がって来ることを伝えた。

すぐ出ちゃう――その言葉を証明する様に、ほんの数度擦られただけなのに、既に亀頭は今にも爆発してしまいそうなくらいにパンパンになっていた。我慢なんかできそうにない。

「駄目だよ。まだ出しちゃ駄目。エッチ……するんでしょ？」

「……うん……」

したい。姫とエッチをしたい――心が本能に満たされていく。

「だったら……まだ我慢よ」

などということを口にしながら、姫は上目遣いでこちらを見つめてきた。

この状況に興奮を覚えているのだろうか？　頬は赤く染まっている。この間と同様に、瞳もうるうると潤んでいた。

女を感じさせる顔だ。見ているだけで心臓の鼓動は更に激しくなっていく。

そんな興奮を抱えつつ、姫と見つめ合う。

(キス……したいな)

そうして目と目を合わせていると、その様な欲求が膨れ上がってきた。

ただ見つめ合い、抱き合っているだけじゃ我慢できない。触れ合わせたい。唇と唇を重ね合わせたい——などということを考えてしまう。

「祐馬……祐くん……」

するとこちらの考えを読んだかの様に、そっと姫が顔を近づけてきた。

(キス？　姫ちゃんと……キス？)

バクッバクッバクッ——心臓が破裂してしまうんじゃないか？　とさえ思える。

自然と瞳を閉じ、姫を受け入れる体勢を無意識のうちに作りあげた。

だが——

「キスすると思った？」

唇の感触ではなく、甘い囁きが向けられる。

瞳を開くと、姫の唇はこちらの耳元にあった。

「ひ……姫ちゃん？」

「キスはお預け……そういうのはちゃんとした恋人としてね」

そう言って悪戯っ子みたいに笑う。

笑うと共に——姫は祐馬の身体を更衣室内に置かれたベンチの上に押し倒してきた。ギシッと軋む様な音色が響く。

「んふふ〜。キスはしてあげられないけど、その分沢山気持ちよくしてあげるからね。ほら、こんなのはどう？」

もちろん、押し倒してくるだけで終わりではなかった。

祐馬の首筋に唇を寄せてきたかと思うと——

「んちゅっ」

口唇を押しつけてきた。

「んっふ……んちゅうう……ちゅっちゅっ……むちゅううっ……」

一度だけではない。チュッチュッチュッと繰り返し口付けを繰り返してくる。しかも、ただ唇を押しつけてくるだけではなく、チュルルルウウッと吸引まで行ってきた。

別に敏感部分を責められているわけではない。けれども「くっふ！　うぁあああ」とまたも嬌声の様なものを漏らしてしまう。それだけではなく、ビクッビクッと肢体を震わせるなどと言う反応まで……。

その様なこちらの様子を肌に唇を押しつけたまま上目遣いで観察しつつ、姫は更なる愛撫へと移行してくる。

ただキスをするだけじゃない。肌に唇を吸い付かせたまま舌を伸ばしてきたかと思うと、ツツツッとこちらの肢体をなぞるように顔を動かしてきた。

首筋から胸元へと移動してくる。胸板を「んっちゅ……ちゅれろっ……ちゅるる……ちゅるるるぅ……」という淫靡な音色を奏でて舐め回してきた。

その上で――

「男の子もここで感じるんでしょ？」

一端唇を離してそう呟いてきたかと思うと、今度は祐馬の乳首に舌を這わせてきた。

「あっく……そ……そこはっ！」

チュッと胸にキスをされた途端、一瞬視界が白く染まる程の愉悦が走り、これまで以上に大きく身体を跳ねるように震わせてしまう。

「ほら気持ちいい♪」

その反応に嬉しそうな表情を浮かべつつ、ぐっちゅ……むちゅるっ……ぐちゅっる……れろっれろっ……ふじゅるるぅ……と、先程までよりも大きく淫靡な音色を響かせながら、べろべろという胸への愛撫をより激しいものへと変えてきた。

しかも、それだけでは終わらない。こちらの胸を舌で舐め回しつつ、下腹部に手を伸ばしたかと思うと、躊躇なく水着を脱がせてきた。

ビョンッと勢いよくペニスが飛び出す。

「この前よりも大きくなってるわね。そんなに興奮しちゃった？」

ちょっと嬉しそうな表情でそう呟きつつ、キュッと肉棒を掌で包み込むように掴み、そのままシュッコシュッコと手で扱き始めてきた。

「うあぁっ！　それスゴイっ!!」

下半身が蕩けそうな程の性感に、思わず歓喜の声を漏らしてしまった。

「祐馬……気持ちよさそうね。でも、これくらいで満足しないでね。ほら、こんなことだってしてあげる……ちゅろっ……んっちゅ……ちゅるる……くちゅううっ……」

グッチュグッチュグッチュ――激しい手つきでペニスを扱きつつ、再び胸に唇を重ね、舌を伸ばしてくる。

肉棒と胸――二つの敏感部に対して、同時に愛撫を加えてきた。

どちらか片方でも、童貞少年にとっては十分すぎるほど心地いい行為だと言うのに、それを同時になんて……。

しかも、ただ気持ちいいだけじゃない。

その姿は堪らないほどに淫靡なものだった。

胸に舌を這わせながら、ペニスを扱きつつ、上目遣いでこちらを見つめて来るという姿に、鼻血でも出てしまうじゃないか？　とさえ思える程に興奮が高まっていく。

出したい。射精したい――ペニスが破裂してしまいそうなくらいに、欲望が膨れ上がっていくのを感じた。

「あたしの手の中でおちんちん……また大きくなった。すっごく震えてる……ちゅっぱ……むちゅろっ……れちゅうう……。ねぇ……もしかして出したい？　ドビュドビュって射精したくなっちゃった？」

こちらが何を求めているのかに、姫は気付く。

「うん……出したい……」

否定をすることなどできず、素直に祐馬は頷いた。

「そっか……それじゃあ……もう始める？」

何を始めるかは口にしない。それでも、彼女が言いたいことはすぐに理解できた。したい。始めたい。姫とのエッチを——止まることなく感情は膨張していく。

「でも待って、その前に……その……し、したいことがあるんだけど……いいかな？」

が、挿入れたいという本能を抑え込む。

確かに挿《い》入れたい。でも、その前にしたいことがあった。

「したいこと？　何？」

「その……い……イヤならいいんだけどさ……。えっと……ぼ……僕も感じさせたい。姫ちゃんを気持ちよくしてあげたい」

自分は初めてで、姫は既に経験者——だから気持ちよくさせられる自信は正直ない。それでも、自分だけ気持ちよくはなりたくなかった。例えビッチであったとしても、姫は姫だ。好きだと言うことに変わりはない。だから、感じさせてやりたい。

「……そっか……その……い……いいわよ」

一瞬迷う様な間はあったけれど、姫は頷いてくれた。

「ありがとう。それじゃあ」

一端身を起こし、ベンチの上で姫と向き合う。

ドキッドキッドキッ――見つめ合っているだけで緊張が高まっていく。興奮が膨張していく。

その様なものを感じつつ祐馬は手を伸ばし、グニュッと掌では収まりきらない程大きな乳房を、スク水の上からではあるが揉んだ。

「んあっ」

掌に柔らかな感触が伝わってくる。それ程力を入れたわけではない。けれど、ほんの一揉みで、姫の乳房は簡単に形を変えた。

「凄い。柔らかい」

「やだ。そんなこと言わないでよ」

「でも本当のことだから」

掌が柔肉の海に沈んでいく様な感じがする。その感触が実に気持ちよく、もっと味わいたい、この感触を堪能したいと思った。

その感情に祐馬は逆らわない。というよりも、逆らうことができなかった。

だから揉む。捏ねくり回すように、スク水に隠された乳房を何度も何度も……。

「んっふ……あふんっ……。あっあっ……くふんっ……」

するとこの愛撫に合わせる様に、姫が甘い響きを含んだ声を漏らし始めた。その反応が実に可愛らしく、もっとこの声を聞きたいという感情がわき上がってくる。

更に揉む。瑞々しい張りのある乳房を、グニュッグニュッグニュッと……。

指が蕩けそうな感覚が心地いい。もっともっともっと——とどまることなく欲望は膨れ上がっていく。

ただスク水の上から揉むだけでは満足できなくなるほどに……。

「ねぇ……その……直接触っても……いい？」

「え……あ……。い……いいわよ」

顔を真っ赤にしながら姫は祐馬の欲望を受け入れてくれた。

「それじゃあ、いくね」

スク水の肩の部分に手をかけ、それを下ろす。ベロンッと上半身部分を捲った。

途端にプルンッと弾むように大きな乳房が剥き出しとなる。掌に収まりきらない程大きいけれど、張りのある、瑞々しい上向きの乳房が……。

「これが姫ちゃんのおっぱい」

先端部の乳首は幾度も揉んだ為だろうか？　既に勃起していた。桜色の乳輪がとても綺麗で、思わずゴクッと息を呑んでしまう。

姫の呼吸に合わせて乳房が上下する様が、なんだかとても生々しかった。

「あ……あうぅう……」

カアアアッと音がしそうな程の勢いで、姫は茹《ゆ》で蛸《だこ》みたいに顔を赤く染めていく。

「え？　恥ずかしいの？」

その反応に思わずそう問いかけてしまった。

「へ？　あ……ばばば……馬鹿言わないでよ。こんなの……恥ずかしくも何ともないって……。慣れてるんだから」

「え？　あ……ああ……そうだよね……うん」

慣れてる——その言葉にズキッと少し胸が痛んだ。

ただ、だからといって興奮が引くわけではない。それどころか姫を求める感情は、より大きく、強くなっていく。

「それじゃあ、触るね」

「別に……そ……そんなこと言わなくてもいいわよ。触りたいなら……さ……触っていいわよ」

どこか姫の声は緊張していた。

だが、興奮しきった祐馬はそれに気付くことができぬままに、再び乳房を揉んだ。

「んっくっ……あんっ」

途端に、先程よりも大きく姫は身体を震わせる。より甘みを含んだ声を漏らす。ビクンッと肢体を震わせる。

童貞である祐馬の目から見ても、愉悦を感じているとしか思えない姿だった。

それが嬉しい。自分の手で姫が感じていることが……。

だから更に乳房を捏ねくりまわす。マシュマロみたいな胸の形を、自分の指を使って変えていく。

いや、それだけでは済まない。気がつけば祐馬は乳房に顔を寄せ――

「あっ！　そ……そんなっ！　んひんっ!!」

乳首に口付けをした。

もちろん、キスするだけでは終わらない。

舌を伸ばし、乳頭を舐める。レロレロと転がすように乳首を刺激し、これを咥えた。そのまま頬を窄め、チュウチュウとまるで赤ん坊の様に胸を吸う。

「吸って……んんんん……吸ってる！　あああ……祐馬……祐くんがあたしのおっぱいを……吸って……んっひ！　あああ……あひんっ」

吸引に合わせて可愛らしい声を漏らしつつ、姫は幾度も肢体を戦慄かせた。

そんな反応を上目遣いで確認しつつ、時には口内で乳首を舌で押し込み、時には軽く乳頭を甘噛みしたりした。

「んんん！　これ……スゴイっ！　あっあっあっ」

これに対して敏感に姫は反応を示す。実に艶やかな様子で啼《な》きながら、我慢できないといった様子でギュッと祐馬の頭を抱き締めてきたりした。

「姫ちゃん……もっと……もっと気持ちよくなって……」

乳房だけでは物足りない。

祐馬は姫の下半身にも手を伸ばし、グチュッとスク水の上から股間部に触れた。

「あっ……あんっ」

ヒクンッと更に姫は肢体を震わせる。

指先に、発熱でもしているんじゃないか？　と思える程の熱感が伝わってきた。それと共にグチュッと糸を引く様な濃厚な粘液が絡み付いてくる。

（熱い……濡れてる）

（これが女の子の）

始めて感じる愛液の感触――想像していた以上に、ねっとりとしていたものだった。

その汁を絡め取るように、ゆっくりと指を動かしていく。どうすればいいか愛撫の方法なんか知らないけれど、エッチな本や動画で見た知識を必死に思い出しながら、グチュッグチュッグチュッと秘部を上下に擦り上げていった。

「んっんっ！　ああっ……くひんっ」

愛撫に合わせて姫が喘ぐ。同時にジュワッと更に多量の愛液を溢れ出させてきた。

「滅茶苦茶濡れてる」

「あ……あううう……そ……そういう祐馬だって……こんなに硬くしてるじゃない」

こちらの言葉に、愛撫に、対抗するように姫は祐馬の下半身に手を伸ばして来たかと思うと、剥き出しになったままのペニスに手を添えてきた。

そのままシュコシュコと再び扱き始めてくる。

「くうううう！」

ただ一度扱かれるだけでも、射精してしまいそうな程に心地よかった。

しかし、祐馬は射精衝動を抑える。必死に我慢しながら、姫の手淫に負けじと秘部に対する愛撫を続けた。

ただスク水の上から撫でるだけでは終わらない。水着のクロッチ部分を横にずらし、直接肉花弁に触れながら……。

初めて感じる柔らかな柔肉の感触に感動を覚えつつ、ヒダヒダの一枚一枚を指でなぞり上げていった。

ぐっちゅぐっちゅぐっちゅ——二人でベンチに座り、向かい合った状態で互いの股間をまさぐり続ける。卑猥な水音を響かせながら……。

(これが……女の子……。これが姫ちゃん)

どうしようもないほどに喜びが膨れ上がっていく。

それに比例する様に、射精衝動も大きくなっていった。

「姫ちゃん……もう」

流石にこれ以上我慢はできない。限界だった。

「したい。したいよ」

挿入れたい。姫の膣中《なか》に——どうしようもないほどに欲望が膨れ上がる。

「うん……分かった」

この求めに姫は頷くと同時に、ギシッと祐馬の身体を再びベンチに押し倒してきた。

同時にこちらの上に跨がってくる。

（する。姫ちゃんとエッチ……セックスするんだ）

考えるだけで射精してしまいそうな程の昂りを感じた。

「それじゃあ祐馬……いくね」

勃起した肉棒に手を添え、そんな言葉を口にしてくると共に、そっと姫は腰を下ろしてきた。肉棒を自分から秘部に挿入しようとするように……。

だが――

「どうしたの？」

後ほんの少しで挿入《はい》るというところで、何故か姫は腰を止めてきた。

何故だろう？　あと少しなのに……。

「ゴメンね」

謝罪の言葉まで口にしてくる。

「ゴメン？　何が？」

「その……させてあげようかと思ったんだけど、やっぱり、初めてはいつかできる祐馬の恋人の為に取っておいた方がいいかと思って……。最初は好きな人同士がいいかなってさ」

「最初は好きな人同士……」

やはり姫も初めての時は好きな人としたのだろうか？　どうしても考えてしまう。胸が痛んだ。

「でも……だけど……」

ただ、今は胸の痛みよりももっと大事なことがある。

姫の言葉も理解できるけれど、はっきり言ってこのままお預けなんて辛すぎる。

「分かってる。射精はさせてあげるわ。今日は、これで我慢してね」

「これ？」

一体何をする気だろうか？　などと首を傾げた次の刹那《せつな》――

ぐちゅううっ！

「くあぁっ」

姫が腰を下ろし、ペニスの裏筋に肉花弁を強く当ててきた。

粘液で濡れそぼった、柔らかく、絡み付く様な肉襞の感触が伝わってくる。

「あぁっ……。凄い……熱いのがビクビク震えてる。あたしのあそこ……おま○こに……祐馬のおちんちんの震え……伝わってくる。どう？　祐馬は感じる？　あたしの……はぁあぁあ……おま○こ感じる？」

「か……感じる。感じるよ。これ……熱い……熱くて……気持ちいい」

実際に繋がりあったわけではない。それでもペニス全体が包み込まれているんじゃないか？　と思う程に肉襞が絡み付いてくるのを感じた。

「よかった。でも、本番はここからよ。たっぷり感じさせてあげるわね。んっく……はぁあぁあ……。んっふ……んっんっんっ……」

腰を押しつけてくるだけでは終わらない。

ぐっちゅ……ぬちゅぅうっ……。ぐっちゅぐっちゅぐっちゅ……。

まるで淫らな舞いでも舞うかのように、ゆっくりと腰を蠢かせ始めて来る。花弁を肉茎に強く押しつけながら、腰を前後に振ってきた。

女蜜に塗れた秘部で激しく肉槍を摩擦してくる。糸を引く程濃厚な愛液が絡み付いてくる様に、快感を覚えずにはいられなかった。

「これ……いい。いいよ。凄い……すぐ……あぁ……すぐ出ちゃいそうなくらいだよ……。感じる。気持ち……いいっ」

快感があまりに強すぎる。散々受けた愛撫によってただでさえ限界近くまで昂っていた肉棒で耐えることなど、とてもではないができなかった。

ほんの数度腰を動かされただけで、すぐにでも射精してしまいそうな程に肉悦が膨張していく。

「んっく……あっあっ……い……いいわよ祐馬。出したいなら……出して」

姫も射精を受け入れてくれる。

「だけど……でも、僕……姫ちゃんにも……姫ちゃんにも気持ちよく……」

だが、それでもまだ射精するわけにはいかない。自分も気持ちよくなりたい。でも、どうせならば一緒に気持ちよくなりたかった。

感じさせたい。姫にも快感を味わって欲しい。

「大丈夫……あたしも気持ちいいから。だから気にしないで……。イッて……。出して…

「……祐馬……。んっく……あっ！　んんん……あっあっあっあっ……」

ぐっじゅ……んじゅうっ！　ぐっちゅぐっちゅぐっちゅぐっちゅ……。

リズミカルに姫は腰をグラインドさせてくる。肉襞で幾たびもペニスを摩擦してきた。気持ちいいという言葉を証明する様に、可愛らしい嬌声を漏らしながら。

でも、それだけでは満足できなかった。

もっと気持ちよくしてやりたくなる。もっと感じて欲しくなる。自分の手で姫に性感を刻みつけたかった。

その想いに祐馬は逆らわない。

わき上がる想いのままに、自分自身も姫の動きに合わせるように腰を振り始める。

「んっ！　あっ！　あああっ!!」

これまでよりも大きな悲鳴を姫は上げた。

「姫ちゃん！　姫ちゃんっ!!」

幼馴染みの名を何度も呼びながら、肉花弁を摩擦するように激しく腰を振りたくる。溢れ出す愛液を絡め取りつつ、ヒダヒダをゴツゴツとした肉茎で幾たびも擦り上げた。

同時に手を伸ばし、腰の動きに合わせてブルンッブルンッと揺れていた乳房に添える。グニュッグニュッグニュッと捏ねくり回すように、これを揉んだ。腰を振りながら、乳房にも愛撫を加えていく。

「す……ごいっ！　それ……スゴイよ！　祐馬……あっあっ……祐くん……い……いい

っ！　感じる。あたし……感じるよ！　気持ちいいっ」

「僕も……僕もいいよ。もう無理。出るっ！　出るよっ‼」

悶え狂う幼馴染みの姿に、どうしようもないくらいに興奮が高まっていく。最早射精衝動を抑え込むことなんか不可能だった。

わき上がる想いのままに腰を振る。肉襞をペニスで刺激していく。

「来て……祐くん……出して！」

言葉と共に、これまで以上に強く、姫が腰を押しつけてきた。ペニスが柔肉で押し潰される。圧迫される。

刹那、目の前が真っ白に染まるほどに性感が膨張し——

「うっくっ！」

どびゅばっ！　ぶびゅっ！　どっびゅどっびゅどっびゅどっびゅ……どびゅるるぅ！

射精が始まった。

亀頭が膨張し、肉先秘裂から多量の白濁液を撃ち放つ。ドクドクと激しく肉茎を脈動させながら……。

思考さえも吹き飛びそうな程の性感に頭の中が真っ白に染まる。オナニー時とは比べものにならない程の肉悦に、全身を戦慄かせた。

「あぁっ！　出てる！　祐くんの精液……出て……んっく……はぁあああ！　あっあっ……んふううっ‼」

肉茎の脈動が花弁を通して伝わったのだろうか？　肉茎の痙攣《けいれん》に合わせる様にして姫も肢体を震わせる。心地よさそうに瞳を細めつつ「んふぁあああ……」というどこか愉悦の色を含んだ吐息を漏らしながら……。

「はっふ……ふぅううう……」

「はぁっはぁっはぁっ……」

このまま目を閉じて眠ってしまいたい――などということを考えてしまう程の気怠さに全身を包み込まれながら、二人で性器と性器を密着させたまま、荒い吐息を響かせた。

「……ねぇ……はぁ……はぁ……気持ちよかった？」

「うん……。すごく……よかったよ」

姫の問いかけに素直に頷く。

「そっか……よかった♥」

すると姫は嬉しそうな表情を浮かべつつ、祐馬へと唇を近づけてきた。

しかし、もう少しで唇と唇が重なるという距離で姫は動きを止める。

「……あたしも……気持ちよかったよ♪」

その言葉と共に、チュッと頬にキスをしてくれた。

唇の柔らかな感触が心地いい――でも、ここまでしても自分達は恋人同士ではないと言われているみたいで、ちょっぴり寂しいキスだった。

三章　最初にセがつく四文字のプレゼント

（エッチをした。本当に挿入れたわけじゃないけど、したんだ姫ちゃんと……）

素股でした姫との行為を思い出す。脳裏に想起するだけで、すぐに肉棒が硬くなってしまうくらい刺激的な行為だった。

大好きだった女の子と身体を重ね合わせる——これで死んでもいいと思えるくらい、幸せなことだった。

ただ、同時にやっぱり胸も痛む。

（姫ちゃんは僕と簡単にあんなことをした。やっぱり、噂どおり他の男子ともしてるのか？　してるんだろうな。処女じゃないって言ってたし……）

自分以外の誰かと姫が肌を重ね合わせる姿を想像する——思い描くだけで、胸をかきむしりたくなる程の焦燥感を覚えてしまう辛い光景だった。

ただ、それでも……。

「さ、今日も一生懸命生徒会の仕事頑張ろうね♪」

ニコニコ笑いながら、無邪気に自分の腕を絡め取ってくる姫の姿を見ていると——それでもやっぱり姫のことが好きだと思う自分がいた。

自分以外の誰かに抱かれていても、例え噂どおりのビッチだったとしても……。

「あたし達が頑張らなくちゃ、みんなが困っちゃうもんね」

仕事に対して責任感を持っていて――

「あの、会長。申し訳ないんですけど、ちょっと手伝って欲しいことが」

「任せて任せて！　あたしにできることだったらなんでもするからさ」

人に頼まれごとをされたら断れなくて――

「……ってことに、悩んでるんです。すみません。こんなこと話しちゃって」

「謝ることなんかないわよ。その悩み、大変だってことあたしだってよく分かるもの。辛かったわね、本当に……」

「うう……会長……」

他人の悩みでも自分のことの様に考えることができる――表に見える部分は変わってしまっているけれど、本質の部分は昔と何も変わっていない姫のことがやっぱり好きだった。

（だから頑張ろう。姫ちゃんに幼馴染みではなくて、男としてしっかり見てもらえるように頑張るんだ！　僕だけいれば他に何もいらないって、そんな風に思われる男になる！　でもって、姫ちゃんに告白するんだ‼）

そんなことを胸の中で誓う。

その誓いのもとに、一生懸命姫の生徒会活動を手伝った。

それから一ヶ月ほど過ぎたある日の放課後、生徒会活動を終えた祐馬はいつもの様に「今日もお疲れ様、それじゃ帰ろっか♪」と微笑んでくれる姫と一緒に帰路についた。

「今日さ～、田中くんが授業中にスマホでエッチな漫画読んでたんだよね。結構際どい奴。ちょっと後ろから覗いてみたんだけどさ、こ～んなおっきいちんこが出てくるの」

わざわざジェスチャーして見せてくる。

「あれ絶対祐馬のよりおっきかったわよ」

「お……おっきかったって……それ、どんな反応すればいいんだよ」

「んふふ、まぁ落ち込む必要はないわ。祐馬のおちんちん……実際のところはすっごく大きいからさ」

「あ……あはは……」

どんな反応をして見せればいいのかさっぱり分からない。

大きいと言われるのは男として悪い気はしないけれど、他の男と比べられるというのは、やっぱり微妙な気持ちにならざるを得なかった。

一体これまで何本のペニスを姫は見てきたのだろうか？

（って、考えるな考えるなっ！）

ブンブンッと首を振りつつ、姫と共に並んで歩く。途中姫が「ちょっと買い物」と親に頼まれたのか、スーパーに寄ったのでそれにも付き合った。

そして、いつも姫と別れる神前院駅前に到着する。

「それじゃあまた明日ね」

姫といると辛い。でも、一緒にいたい——などという複雑すぎる感情を抱えながら、普段どおり別れの挨拶をする。

いつもだったらここで「うん、また明日」なんてこちらの耳元で囁きつつ、チュッと頬にキスをしてくる場面だ。

はっきり言うがちょっと期待してしまう。

「ざ〜んねん！　今日は帰らないわよっ♪」

が、姫の行動はまるで予想とは違うものだった。

楽しそうに笑いながら、ギュッとこちらの腕を取ってくる。いつもみたいに強く胸を押しつけながら……。

「は？　へ？　か……かか……帰らないって……ど、どういうこと？」

「どうって、もっちろん、祐馬の家に行くに決まってるでしょ？」

「は？　僕の家？　何で？　どど……どうして？」

姫が一体何を考えているのかが分からず、大いに動揺してしまう。

「理由？　心当たりないの？」

「え？　う〜ん？」

心当たりと言われても何も思い浮かばない。

わざわざ姫が自分の家に来る理由とはなんなのだろうか？

（って……まさか……）

一瞬脳裏に生徒会室やプールでの出来事が思い浮かぶ。

「あ……その顔、イヤらしいこと考えてるでしょ？」

姫は鋭かった。

「そ……そそそ、そんなことない！　そんなことないって！」

「どうかしらね～」

チラッとこちらの股間に視線を向けてくる。

慌てて祐馬は鞄でその部分を隠した。見られるわけにはいかないから。何故ならば、既に思いっきり勃起してしまっているからである。

「まぁいいわ。で、いい？　行っても？」

「いや……でもさ……その……僕……一人暮らしだよ。それでもいいの？」

以前も述べたとおり、神前院学園は実家からかなり離れた場所にあった。仕事などもある両親が付いてこられる場所ではない。故に、現在祐馬は一人暮らしの最中だった。

「あ～、やっぱりエッチなこと考えてるんだ」

「だ……だから違うって！　その……やっぱり不味いでしょ。一人暮らしの男の家に、女の子が一人で行くなんてさ」

「ふふん♪　そんなの大丈夫よ。そりゃ、知らない人の家はイヤだけど、祐馬の家でしょ？　だから大丈夫……というか、一度行ってみたかったしね♪」

それは、自分のことを信頼していると言うことなのだろうか？

それとも、ビッチらしくエッチなことをする為なのだろうか？

正直答えは分からない。分からないが、姫はこちらが頷くまで、掴んだ腕を放すつもりはない様子だった。

結果――

「ふ～ん、ここが祐馬の家か」

姫を自分の家へと上げることになってしまった。

（結局連れて来ちゃったよ）

1LDKの大きすぎず小さすぎもない部屋に幼馴染みを上げる。

こんなところに連れてきてよかったのだろうか？　などということを考えつつ、バクッバクッバクッと祐馬は以前エッチをした時並に胸を鼓動させた。

「結構片付いてるんだね。男の子の部屋ってもっと汚いかと思ってたよ」

興味深そうにキョロキョロと室内を見回す。

一人暮らしでそれ程お金があるわけでもない。家にあるものは最低限必要なベッドにテーブル、それにテレビだけだった。服は全部クローゼットにしまってある。

「もう少し汚い部屋だったら、掃除とかしてあげようかなって思ったんだけどな」

部屋の様子にちょっと残念そうな表情を浮かべつつ、そう呟く。

それは祐馬も少し残念だった。

好きな子に部屋の掃除をしてもらう――それって結構幸せなシチュエーションな気がし

たから……。

などということをこっちが考えているとはきっと露ほども思ってはいないのだろう。

姫の行動はただ室内を眺めるだけでは終わらない。

「イヤだったら言ってね。やめるから」

という宣言のもとに、クローゼットを開けたり、ベッドの下を覗くなどといったガサ入れの様な行動まで行ってきた。

「ねぇねぇ、エッチな本とかないの？」

という問いかけとセットで……。

「ん？　そんなの持ってないよ」

「持ってない？　嘘でしょ。男の子がエッチなもの持ってないなんてこと……絶対あり得ないと思うんだけど」

「だからないって」

これは本当のことだ。エッチな本なんか祐馬は持っていない。

何故ならば――

「ああ、そっか……パソコンね」

ピコ～ンッと光る電球が頭の上に灯りそうな感じで閃いた！　という表情を浮かべると共に、姫は祐馬のＰＣを開こうとしてきた。

（ＰＣか……でも大丈夫。ああいうエッチなのは隠しファイルに……って、そういえば…

（……今の壁紙って……）

姫の写真だった様な気がする。

「駄目！　それは――それは駄目ぇぇぇえっ‼」

情けない悲鳴を周囲に響き渡らせた。

「えっと……それでその……今日は何でウチに？」

しばらくわいわいとやり取りを終えた後、ちょっと落ち着いた祐馬はテーブルに着いた姫の前にお茶を置いた。

「ありがと。って、本当に分かんないの？」

「ゴメン」

エッチをしに来た――というのとは何か違う気がする。

ただ、かといって他に何か思い浮かぶか？　と言われても、答えは思い浮かばなかった。

「もう……今日は祐馬の誕生日でしょ！」

「――へっ？」

誕生日？　自分の？

慌ててポケットからスマホを取り出し、画面で日付を確認する。

「……あ……」

確かに姫が言うとおり、今日は自分の誕生日だった。校則で学校にいる間は電源を切っておかなければならないことになっているので今まで気付かなかったが、母親からもおめでとうメールが入っている。

「自分の誕生日も忘れるとか……」

「あ……あはは……。引っ越しとか色々あってさ、すっかり頭から抜け落ちてた」

流石にこれは恥ずかしい。照れ隠しの笑みを浮かべた。

「でも覚えててくれたんだ。僕の誕生日」

「当たり前でしょ。ってか、毎年毎年あたしメールしてあげてたじゃない。そのあたしが祐馬の誕生日を忘れるはずないでしょ」

「確かに」

思い出せば毎年この日は姫からメールが入っていた。それらは全部、しっかりと保存してある。

「え？　待って。それじゃあもしかして今日ここに来たのって、まさか僕を……」

「そのまさかよ。こうやって再会したのに、メールだけなんて変じゃない。今日はあたしがたっぷり祐馬を祝ってあげるわ」

なんて言葉を口にしつつ、真っ直ぐこちらを見つめると共に——

「祐馬……誕生日おめでとう」

決して茶化すことなく、本気の顔でそう言ってくれた。

なんだか胸が熱くなる。

こんな風に直接姫に、幼い頃の様に誕生日を祝ってもらえる日がまた来るなんて……。

思わず泣いてしまいそうなくらい胸が詰まった。

「ありがとう。姫ちゃん」

「感動するのはまだ早いわよ。お祝いはここからなんだからね！」

「う……うん」

一体どんなお祝いをしてくれるんだろう？　考えるだけでドキドキと胸が高鳴った。

「それじゃ、座っててね♪」

なんて言葉と共に姫は台所に立つ。

先程スーパーで買った食材を取り出し始めた。

「もしかしてそれ、僕の為に？」

「他になんだって言うの？　これでも結構料理とかだって勉強してるんだから。期待していいわよ」

「うん。楽しみにしてる」

「ふふっ」

祐馬の返事に嬉しそうな表情を浮かべつつ、姫は料理を始めた。

昔、一緒にいた頃、よく姫は母親に料理を習っていた。それは今も変わらないらしい。

料理の手際は見ていて気持ちよさを感じる程のものだった。

大好きな女の子が自分の家の台所で料理をしている——夢でも見ているのではないかと

いう程に、幸せな光景だった。

「はい、できあがり。誕生日記念のロールキャベツよ。祐馬の大好物。そうだったわよね？」

「うん……。でも、そんなことまで覚えててくれたんだ。ありがとう」

「別に礼なんかいらないわよ。今日の祐馬はお誕生日様なんだから。それよりほら、早く食べて。冷めちゃうじゃない」

確かに、料理は温かいうちに食べたい。

「それじゃあいただきます」

姫と一緒にテーブルに着き、夕食を食べる。こんな生活がずっと続いて欲しい——なんてことさえ考えてしまう。本当に幸せな時間だった。

「ごちそうさま……。本当に美味しかった。ありがとう。今日は本当にありがとう。嬉しかったよ姫ちゃん。本当に嬉しかった」

何度も礼を述べる。何度ありがとうと言っても足りないくらいに嬉しかったから。

「そう……よかった。それだけ喜んでもらえるとあたしも嬉しい。でもね、こんな程度で満足しちゃ駄目よ」

この程度で満足してはいけない？　どういうことだろうか？

「料理だけじゃなくて、ちゃ～んと誕生日プレゼントだって用意してあるんだから」

「え？　ホントに!?」

「もちろんよ。で、ここで問題です。さ～て、あたしが今日用意してきたプレゼントはなんでしょう！」

唐突にクイズを出してきた。

「え？　な……何って……その……」

いきなり言われても答えなんか思い浮かばず、混乱してしまう。

「分かんない？」

この問いかけに頷く。いきなり言われても答えなんか思い浮かばない。

「それじゃあヒント……最初にセがつく四文字のものよ。でもって、とっても柔らかくてあったかいもの。さて、なんでしょう」

「何って……それは……」

最初にセがついて、四文字。その上温かくて、柔らかいもの……。

聞いた瞬間、一つの答えが思い浮かんだ。

「その顔……答え、浮かんだみたいね」

「へ……あ……う……うんっ」

「よし。それじゃあせーので答え合わせね。あたしは答えを教えてあげる。祐馬は思い浮かんだ答えを言ってね」

「あ……う……うん……。分かった」

頷きつつ、胸を高鳴らせていく。

本当にくれるのだろうか？　自分が思いついた答えを……。

最初にセがついて四文字のものなんて一つしか思い浮かばない。間違いなく、きっと……セックスのことだろう。

（誕生日プレゼントにセックスって……）

実にビッチらしいものの様な気がする。

他の男子にもそのプレゼントをあげたのだろうか？　考えると胸が痛む。

けれど、胸を痛めつつも、どうしてもそのプレゼントを期待してしまう自分がいた。

「それじゃあ……せ～のっ！」

その様なこちらの葛藤に気付いているのか？　いないのか？　幼馴染みが合図を口にする。

「せ……セックス！」

ちょっと躊躇いつつ、はっきりその単語を口にした。

これに対し姫は――

「セーター」

聞いた瞬間、目が点になってしまう様な言葉と共に、可愛らしいリボンが付いた袋を差し出してきた。

「へっ!?」

思わず間の抜けた声を漏らしてしまう。

「えっ!?」

姫も同じ様な反応を見せてきた。

まさかセックスなんて答えが返ってくるとは思わなかった――とでもいう様な表情を浮かべて見せてくる。

しかし――

「ふ～ん♪」

すぐに幼馴染みはニヤニヤとした表情を浮かべて見せてきた。

「セックスって……祐馬……今日……ここであたしとエッチできるって思っちゃったわけ？　やっぱり、あたしがここに来るって言った時から期待してた……とか？」

ただ挑発的な言葉を向けてくるだけじゃない。こちらの下半身に視線を向けてくるなどということまで……。

「あ……いや……そ……そんなこと……」

慌てて自分の――既に勃起してしまっていた下半身を隠しつつ、幼馴染みの言葉を否定したのだけれど、自分で言うのも何だがまるで説得力というものがなかった。

実際姫は「そんな嘘言っても駄目だ～め♪」とまるで信じてはくれない。

「正直に言わないと、これあげないわよ」

プレゼントの袋まで引っ込めてきた。

「そんな……」

流石にそれは困る。

だって欲しいから。大好きな女の子からのプレゼントが……。

「欲しかったら言いなさい。あたしと……エッチしたかったの？」

改めて上目遣いで尋ねてくる。まるで小悪魔みたいな表情だった。

見ているだけで胸がドキドキしてくる。強く抱き締めて、キスをしたい。肌を重ね合わせたい――抑えがたい程に欲望が膨れ上がって来るのを感じた。

こんな魅力的な姿を見せつけられて、嘘なんかつくことはできない。

「……う……うん。そうだよ。その……したい。姫ちゃんと……エッチなことしたい！」

素直に自分の感情を口にした。

「………………祐馬のエッチ」

物言いがストレートすぎたのだろうか？　一瞬間を置いた後、姫はそう口にしてきた。

返す言葉もない。

でも仕方がない。だって、それだけ姫が魅力的すぎるのだから……。

「ごめん……。だけど……僕」

真っ直ぐ姫を見つめる。

「……う……その……」

こちらの視線に対し、姫は少し頬を赤く染め、視線を逸らした。

それでも見つめ続ける。姫の返事が聞きたいというように……。

「馬鹿……その……は……はいこれっ」

しかし、姫は答えてはくれず、無理矢理セーターの入った袋を押しつけてきた。

「わ……悪いけど、それはできないわ。エッチはできない」

「どうして？　あそこまでしたのに？」

プールでの一件を持ち出す。

「アレは……その……。まぁ確かにそうだけど……。でも、あの時も言ったでしょ。初めてのエッチってのは好きな子とするものだって。だから……駄目よ。そういうことは本当に好きな人としなさい」

前回と同じ様な言葉を向けてくる。

これに対して祐馬は一度大きく息を吸うと——

「好きだよ」

ありったけの気持ちを込めてそう口にした。

「……ふぇ？」

ポカンッと姫は口を開く。

「い……今……なんて言ったの？」

「だから……好きだよ。僕……姫ちゃんのことが好きだ！」

ここまで来て自分の気持ちを隠すことなんかできない。素直な想いを幼馴染みに、この世で一番大切な人に知ってもらいたかった。

これに対して姫はフリーズしたパソコンみたいに動きを止める。

表情を凍り付かせ、ジッと祐馬のことを見つめてきた。

一瞬の静寂が室内に広がっていく。

「……う……嘘でしょ……？」

やがて、幼馴染みはそう口にした。

「駄目よ祐馬……。その、男の子だからエッチしたいっていう気持ちがあることは分かってる。でも……だけど……だからってその……したいからって嘘をつくのはよくないと……お……お姉さんは思うわ」

などという言葉まで……。お姉さんって、同い年なのに……。

「嘘じゃないよ」

きっぱり告げる。

「僕は……ずっと……ずっと姫ちゃんのことが好きだった。昔から、今日まで……その気持ちを忘れたことなんか一度だってない。この学校に来たのだって、全部は姫ちゃんに会う為だったんだから！」

その上で、自分の気持ちをはっきりと、もう一度、姫に伝えた。

「ほら……こ……こんなことだってしてるんだから！」

言葉だけではない。

自分の気持ちが本当だと言うことを伝える為に、祐馬は自分でパソコンを立ち上げ、その壁紙を見せた。

姫の写真が映し出される。笑顔を浮かべて友達と話している時の写真……。見ているだけで祐馬の気分まで幸せになってくる様な写真が……。

いや、その一枚だけじゃない。何枚もの写真がデスクトップには表示されている。

真面目に仕事をしている時の姫の写真。巫山戯《ふざけ》て楽しそうにしている姫の写真。それに、昔、一緒にいた頃の写真が……。

「け……ケータイだって……」

スマホだって取り出して見せる。

やはりその壁紙は姫だった。

「………………」

これを姫は黙って見つめて来る。

ただ呆然と立ち尽くしながら……。

「好きだ！　僕……姫ちゃんのことが好きだ！　ずっと……ずっと昔から好きだった!!　誰よりも姫ちゃんのことが！」

駄目押しとばかりにもう一度気持ちを伝える。真っ直ぐ姫を見つめながら……。

これに対して姫はしばらく呆然とし続けた後——

「……本当に？　本当の本当に？」

ちょっと不安そうな表情でそう尋ねて来た。

「本当だよ。本当の本当！」

「…………そう……。でも、いいの？」

頷いて見せるが、姫の顔に浮かんだ不安の色は消えない。

「あたしが……学校でどんな風に噂されてるか……知ってるでしょ？」

「それは……あ……その……う……うん」

嘘をついても仕方がないので頷いて見せる。

「それでも本当にいいの？　あたし……ビッチって言われてるんだよ」

「分かってる。知ってるよ。でも……それでいい。何と呼ばれていようが、どんな風に噂されていようが、姫ちゃんは姫ちゃんだ。気持ちは変わらない。姫ちゃんのことが……誰よりも好きだっ!!」

ただ告白するだけじゃない。言葉と共に祐馬はギュッと強く、姫の身体を抱き締めた。

「なっ！　ちょっ……ななな……」

これに対し、姫は再会してから今まで見たこともないくらいに動揺し始める。顔を真っ赤に染め、視線を激しく泳がせた。あわわっと焦る様な様子も見せ、こちらの身体から脱出しようとするようにもがく様な素振りまで見せてきた。

それでも祐馬は放さない。より強く幼馴染みの身体を抱き締める。絶対放さないと訴えるように……。

そのお陰かしばらく焦り続けた後、やがて姫は観念でもしたかのように全身から力を抜き、祐馬に身体を預けて来た。

「姫ちゃん……その……」

自分を受け入れてくれたのだろうか？　それが分からない。分からず、戸惑ってしまう。

今度はちょっと祐馬の方が焦りを覚えてしまった。

「……いいわよ。その……そこまで言うなら……さ……させてあげる。エッチ……。うん。いいよ。あたしと……エッチして……」

そう口にすると共に、姫は抱き締められたまま顔を上げ、瞳を閉じて見せてきた。

この行為が何を意味しているのか？　流石の祐馬も理解する。

「い……いいんだよね？」

それでも心配なので一応そう口にしてしまう自分がいた。

「……そういうことは聞かないの。あたしを見て……あたしが何を求めているのか……それで察して……。祐馬だって男の子なんだから」

閉じていた瞳を改めて一度開くと共に、上目遣いでそう伝えてくる。少しばかり照れくさそうに、頬を赤く染めながら……。

その後、すぐに再び姫は瞳を閉じた。

「姫ちゃん……好きだよ」

そんな幼馴染みを、大好きな人を抱き締めながら、もう一度自分の気持ちをはっきりと口にする。それと共に――

「んっ」

チュッと艶やかな唇にキスをした。

唇と唇を重ね合わせた途端、ピクンッと姫は一瞬肢体を震わせ、硬くした。

柔らかくて温かい。ほんの少し触れただけなのに、とても心地よい感触が伝わってくるのを感じた。

（してる……。僕……キスしてる。姫ちゃんと……キスを……）

ずっと好きだった幼馴染みとのキス――唇の感触や体温を感じているだけで、胸が熱くなっていく。心も身体も満たされていく様な感覚が全身を駆け抜けていくのを感じた。

気持ちがいい。たった一度のキスなのに、蕩けてしまいそうなくらいに……。

ただ、そうして堪らない程の幸福感を感じつつも、一度のキスだけでは満足なんかできなかった。それどころか、もっとしたい。もっと唇を重ねたいと思ってしまう。

その感情に祐馬は逆らわなかった。というよりも、逆らうことなんかできなかった。

「んっふ……んっ……。んっんっ……んんんっ……」

チュッチュッチュッと繰り返し口付けする。幼馴染みの、大好きな相手の唇をたっぷりねっとりと味わうように、繰り返し繰り返し……。

そうして唇と唇を重ね合わせるたびに、姫は更に身体を硬くし、より強く祐馬の身体を抱き締めてきた。その反応はなんだかキスに慣れていない様にも思えるものだった。

けれど、祐馬だってこうしてキスをするのは初めてである。女の子はこんな風に反応してしまうものなのだろうか？　などということを思いつつ――

（もっとしたい。もっと深いキスを……。もっと姫ちゃんと……）

より感情を膨れ上がらせていった。

身体が一つに溶け合ってしまいそうなくらいに、強く肢体を抱き締める。それと同時にただ唇同士を重ね合わせるだけではなく、舌を伸ばすと、幼馴染みの口腔にこれを本能の赴くままに挿し込んだ。

「んっふっ!?」

この行為に一瞬驚いたように姫はこれまで以上に肢体を硬直させる。けれど祐馬は気にせず、幼馴染みの口唇に舌先を挿入していった。

姫の温かな口内の感触が舌先に伝わってくる。ただ唇と唇を重ね合わせているだけでしかないと言うのに、身も心も蕩けてしまいそうな程の愉悦を感じる温かさだった。

この味をもっと噛み締めたい――当然、舌を挿し込むだけでは終わらない。ゆったりと口腔をかき混ぜる様に舌をくねらせ始める。

上手いキスの方法なんか知らない。ただ本能のままに口腔をかき混ぜた。

「んっふ……むちゅっ……んちゅうっ……ふちゅうっ……むっふ……んふううっ」

ぐっちゅ……。ぬちゅるっ……。ちゅぐうっ……くちゅっくちゅっくちゅっ……。

繋がりあった口腔と口腔の間から、卑猥としか言い様のない音色が響き始める。耳にしているだけで全身が熱く火照り、下半身が硬く、熱くたぎってしまう様な音が……。

自分と姫がこの音色を奏でているのだと思うと、それだけで射精してしまいそうな程に興奮が膨れ上がっていく。

（もっと……もっと……もっともっともっともっとっ!!）

止まることのない想いが心の中を支配していく。

より強く抱き締め、更に口内をかき混ぜる。

姫の歯の一本一本を舌先でなぞり、口腔粘膜をねっとりと舐め回した。その上で舌に舌を絡み付けていく。下唇を軽く咥え込み、チュウウウウッと音を立てて啜った。

「んっふ……んんんっ……むっふ……んっんっんっ……」

舌を蠢かせるたびに、ヒクッヒクッと幼馴染みは肢体を震わせる。祐馬に負けじとこちらを抱き締める手に力も込めてきた。

その上で、ゆったりと自分から舌も蠢かせてくる。祐馬の舌に舌を絡め、チュウウウウッと吸引行動まで行ってきた。

ただ、その動きはどこか硬く、ぎこちない。キス慣れしている様な感じではない。が、それを気にしている余裕なんか祐馬にはなかった。

姫が自分から舌を動かしてくれる。大好きな子が、自分の唇を吸ってくれている――これほど嬉しいことはない。

もっと感じたい。もっと姫を……。

キスしかしていないと言うのに、どうしようもないほどに股間が熱くなっていく。勃起を抑えることなんかできなかった。

「んっふ……むふううっ……。ちゅっぱ……んふううっ……はぁっはぁっはぁっ……」

そんな祐馬から、姫の方が先に唇を離してきた。

ツプッと唇と唇の間に、唾液の糸が伸びる。

「あっ……」

まだキスしていたい——とでもいう様な、物足りなげな声を思わず漏らしてしまう。

「もう……そんな声出さないの。わ……分かってるからさ。祐馬があたしともっと……その……キスしたがってることくらい。だけどね……でも、もっと……もっとしたいこと、あるんじゃない？」

そんな祐馬に対して瞳を潤ませながらそう伝えてきたかと思うと、姫は躊躇することなく祐馬の股間に手を添えてきた。

「うああっ」

ズボンの上からではあるけれど、痛々しい程に勃起した肉槍に触れられてしまう。思わず声を漏らし、反射的に肢体を震わせてしまった。

「ふふ……凄く硬くなってる。ズボンの上からでもハッキリと分かるくらい」

こちらの見せた反応に嬉しそうな表情を浮かべつつ、姫はただ肉棒に触れるだけではなく、ゆっくりと手を動かし、ズボン越しに、勃起したペニスをゆったりと指先や掌で撫で回し始めて来た。

「うっく……くううっ」

ほんの少し手を動かされるだけで、射精してしまいそうな程にペニスが昂ってしまう。

「ビクビク震えてる……。こんなになるくらい……あたしとしたいんだ……」

「あああ……し……したい。姫ちゃんとしたいよ。大好きな姫ちゃんと……え……エッチ……したい」

「……大好きって……ば……馬鹿っ」

大好きという言葉に、照れくさそうな表情を浮かべる。

浮かべつつ――

「んっちゅ……んんんんっ……」

自分から再びキスをしてきた。

もちろん、ただ唇を重ねてくるだけではなく、舌も挿し込んでくる。しかも、それだけでは終わらず、躊躇うことなく祐馬の身体を床に押し倒してきた。

「んっふ……はふうう……はぁっはぁっはぁっ……あたしからの誕生日プレゼント……。しっかり受け取ってね」

再び唇を離してそう伝えてくると共に、姫はこちらの下半身に手を伸ばすと、そうすることが当然とでもいう様に制服ズボンを脱がせてきた。ただし、なんだかその動きはぎこちない。

「だ……大丈夫？」

「だだだ……大丈夫よ……。これくらい！」

思わず声をかけた祐馬に対し、少し焦った様な声を漏らしつつ、姫はこちらのズボンだけでなく、下着まで脱がせてきた。

ビョンッと痛々しい程に勃起した肉棒が剥き出しになる。

「……相変わらず大きいね」

肉茎に幾本もの血管を浮かび上がらせながら打ち震えるペニスを見つめ、ホウッと熱い吐息を姫は漏らした。

「こんなに大きくするくらい、あたしとしたいんだ」

「うん。そうだよ」

否定なんかできない。素直にキモチを伝える。

「そっか……ふふ……ありがと」

嬉しそうな表情を姫は浮かべた。浮かべつつ、自分のスカートの中に手を入れる。そのままゆっくりと赤い色のショーツを下ろして見せてきた。

「ねぇ……あたしのここ……見たい？」

スカート裾を手に取りながら、挑発する様な表情と言葉を向けてくる。

「うん……。見たい。見たいよ」

否定なんかできなかった。

「いいよ……見せてあげる」

素直な求めに姫は応じてくれる。

興奮を感じさせるような表情を浮かべつつ、そっとスカートを捲り上げてきた。白い肌が、プリッと張りのあるヒップが、そして、薄めの陰毛に隠された肉花弁が剥き出しになる。

「どう？　あたしのここ……凄く濡れてるでしょ」

姫のその言葉どおり、剥き出しになった秘部は既に愛液に塗れていた。

秘裂は左右に開き、ピンク色の肉花弁が剥き出しになっている。ヒダヒダの一枚一枚が、まるで呼吸でもするかのように蠢いているのを見て取ることができた。

「ホントだ。凄く濡れてる。それ……キスだけで？」

「そうよ。祐馬と一緒……キスだけでおちんちん……こんなに硬くしちゃったみたいに……あたしも……おま○ここんなに濡らしちゃったの。祐馬とエッチしたいって……身体が熱くなっちゃってるの」

「僕とエッチしたい」

姫の声が脳髄にまで染み込んで来る。聞いているだけで射精してしまいそうな程に興奮が高まっていくのを感じた。

「僕もしたい。姫ちゃんとしたいよ」

「分かってる。だから、いくね」

言葉と共に、プールの時と同様に祐馬の身体に跨がってくる。左手を伸ばし、そっとペニスに添えてきた。指を肉棒に絡めてくる。

ただ触れられただけだと言うのに、堪らない程に心地いい。ビクッビクンッビクンッと、暴れ馬のように肉棒を跳ね回らせてしまう。

これに対して姫が口にしたのは——

「すっごい元気。これが……こんなのが……あたしの膣中に挿入る……。挿入っちゃうんだね……」

こんな大きいものが自分の膣中に挿入るなんて信じられない——とでも言いたげな言葉だった。

「姫ちゃん？」

何でそんな初めてみたいな反応をするんだろう？　ちょっと戸惑ってしまう。

「ん？　あ……なんでもない。なんでもないわ。その……ゆ……祐馬は初めてなんでしょ？だから安心して。全部あたしに任せてくれればいいからね♪」

疑問に対し、あはっと姫は笑顔を浮かべて見せてきた。どこか誤魔化し笑いにも見える笑みを……。

けれど、そのことをそれ以上突っ込むことは祐馬にはできなかった。

何故ならば——

「んっく……あんっ……」

姫が腰を下ろしてきたから……。

グチュッと勃起した肉先に、濡れそぼった秘部を密着させてきたから……。

「あううぅっ！」

肉先に濡れた肉襞が吸い付いてくる。ペニスの先端部に伝わってくる生温かな秘部の熱気に、ビクビクと屹立が震えた。

その震えに反応する様に、密着部分からドロッと愛液が溢れ出してくる。まるで花が蜜を分泌させる様に……。

「す……ごい……これ……出ちゃう。触っただけで……出ちゃいそうなくらい、気持ち……いいっ」

「駄目よ。本番はここからなんだから……我慢してね」

その言葉と共に――

「んっふ……あっあっ……あぅううっ‼」

姫は更に腰を下ろしてきた。甘みを含んだ吐息を漏らしつつ、濡れそぼった肉壺で、亀頭を咥え込んで来る。膣口を押し開き、襞の一枚一枚を肉茎に絡み付けながら……。

狭く、きつい穴に亀頭が包み込まれていく。肉先が握りつぶされてしまうのではないかとさえ思える程の締めつけだった。いや、きついだけではない。肉棒を包み込んでくる柔肉の感触は柔らかささえも感じさせる。ペニスが溶けてしまいそうなくらいに……。

「すごい……。これ……が……我慢できない。こんなの耐えられない」

「はぁあああ……挿入って来る。祐馬が……あたしの……膣中に……んっふ……んんんっ……挿入って来るのが……わ……分かるわ……。あっあっあっ」

嬌声を漏らしながら、肉棒をより蜜壺で咥え込んでくる。亀頭だけでなく、肉茎まで柔肉の海に沈めてくる。

ぐっじゅ……じゅずぶっ……。ぬじゅううっ……。

挿入に比例する様に膣口が広がっていった。それに対し、膣壁は更に収縮し、これまで以上に強く肉棒を締めつけて来る。挿入しているのはあくまでもペニスだけでしかないと言うのに、まるで全身を姫に強く抱き締められている様な感覚を覚えた。

その感触の堪らない程の心地よさに、ただでさえ限界近くにまで膨れ上がっていた射精衝動がより膨張してくる。

「んんん……あっふ……くふううっ……あっあっ……こ……これ……凄い。んっふ……はふううっ……。分かる……。あたしの……な……膣中で……おちんちん……祐馬の……祐くんのおちんちんがビクビクッて……震えてる……。あっあっあっ」

性感を証明する様に、肉棒が痙攣を始めた。射精したい。肉汁を沢山姫の膣中に流し込みたい――とでも訴えるかのように……。

「これ……んっく……はぁあああ……だ……出しそう？　祐くん……射精しそうなの？　挿《い》入れた……あたしの……あっあっ……あ……たしの……膣中に……挿入れただけで……出しちゃいそうなの？」

これに姫が気付く。はぁはぁと荒い息を吐きながら、熱感籠もった声でそう囁くように問いかけてきた。

のが分かる。

「うん。出しそう。抑えられない」

いつ暴発してしまってもおかしくないくらいに、亀頭が不気味な程に膨れ上がっていく

「そっか……でも……んっく……あと……あと少し待って……。もう少し。はぁっはぁっ

はぁっ……もう少しで全部挿入るから……。祐くんの全部があたしの膣中に……。だから

もう少しお願い……。あたしの……あたしの奥で祐くんを感じさせて……。今日は大丈夫

な日だから……あたしの……あたしの奥で出して」

「奥で……う、うんっ！　奥で出すよ！　姫ちゃんの奥でっ‼」

姫の膣奥で射精したい。姫の膣中を自分のもので満たしたい——幼馴染みの言葉に、そ

んな欲求が膨れ上がって来る。だから耐える。我慢する。まだ出したりはしない。必死に

射精衝動を抑え込む。

「あっく……奥……。祐くんのを……あたしの……ふううっ……。あ……たしの……奥で

……もっと……もっと奥で……んっんんっ——んんんんっ‼」

何故かどこか辛そうな、切なげな表情を姫は浮かべた。

それと同時に、ズンッと一気に腰を落としてくる。

「あっぐ……くふううううっ」

キュウウッと背中を弓形に反らす。同時に肢体を戦慄くように震わせた。この震えに合

わせるかのように、ただでさえきつかった蜜壺がより収縮してくる。ギュウウッと肉壺全

体が柔肉に握られている様な感覚だった。

「で……出るっ！　出るよっ!!」

もうこれ以上なんて我慢できない。まだ挿入れただけでしかないけれど、祐馬は限界を伝える。

「来て！　だ……して……祐くん……あ……たしの……膣中に……来てぇえっ」

拒絶することなく、姫もこれを受け入れてくれる。

「うっく！　くぁあああぁっ！」

刹那、快感が爆発した。

目の前が真っ白に染まる。結合部を中心に身体がドロドロに蕩け、姫と一つに混ざり合っていく様な、そんな肉悦に全身が包み込まれていく。肉先秘裂が膣中にて口を開き――

ぶびゅばっ！　どびゅっ！　どっびゅどっびゅどっびゅ――どびゅるるるぅ！

多量の白濁液を撃ち放った。

「あああ……き……てる！　あっあっ！　これ……熱い……。膣中……あたしの膣中……んっんっんっ――あふぁああああっ!!」

ドクドクドクという肉茎の脈動に合わせるかのように、姫が肢体を震わせる。身体中を小刻みに震わせながら、熱い吐息を室内中に響かせた。

「あっふ……はふぁあああ……。凄い……膣中……おま○こ……熱いよ……祐くん」

そっと下腹部に手を添えながら、そう呟く。その表情は陶酔しているようにも見えるものだった。

「ねぇ……あたしの膣中……気持ち……よかった？」

「うん……。よかった……。最高だよ」

否定なんかできない。思った通りの答えを口にする。

「そっか……よかった……。嬉しい……祐くん……」

嬉しそうに姫は瞳を細めた。

それと共に上半身を曲げたかと思うと――

「んっちゅ……。んちゅぅううっ……」

再びキスをしてきた。

最初から舌を挿し込んでくる深いキス。

これに祐馬も応える様に、挿し込まれた舌に自身の舌を絡み付けていく。

そのまま二人でグチュグチュと淫靡な音色を奏でながら、互いの口腔を貪り合った。

姫の体重を感じる。柔らかな乳房を感じる。繋がりあったまま、肌を重ねて互いの口腔を貪る――まるで身体を一つに混ざり合わせていく様な感覚だった。

なんだか堪らない程に気持ちがいい。姫を感じているだけで、全身が燃え上がりそうなくらいに熱くなっていくのを感じた。射精したばかりだと言うのに、再びペニスが硬く、熱くたぎり出す。

「あっ……これ……また……また大きくなってる。出しばっかりなのに……また……」

「ご……ごめん」

射精したばかりなのに身体が求めてしまっている。流石にちょっと恥ずかしい。

「別に謝る必要なんかないわよ。寧ろ……ふふ……嬉しいくらい。祐くん……あっ、祐馬があたしをこんなに求めてくれてるなんて……とっても嬉しい。だから……だからさ……いいよ。したいなら……動いてあげる。その、思った程痛くなかったから」

そう語りつつ、愛おしそうにこちらの頬を両手で撫でながら、姫は身を起こした。

「え？　お……思った程痛くなかった？」

そんな姫の言葉に引っかかりを覚えてしまう。反射的に問い返すと、幼馴染みは「あっ」と声を漏らした。不味いことを口にしてしまったというように……。

「どういうこと？　それって……」

「えっと……そ……それはその」

「まさか……姫ちゃん……もしかして」

慌てて祐馬は結合部へと視線を移す。

「これって……血？」

視界に映ったものは、溢れ出す白濁液と愛液、そして、一筋の血だった。

思わず姫を見つめる。この血の意味は何かと問おうとするかのように……。

「あ……それはその……」

これに対して姫は気まずそうな表情を浮かべると、祐馬から視線を逸らしてきた。

その反応が如実に答えを教えてくれる。

「処女……姫ちゃんって……処女だったの？　初めて？　これが？」

そうとしか考えられない。

「あっとね……んっと……その……えっと……う……うん……」

しばらく何か誤魔化す方法はないだろうかとでもいう様な表情を浮かべた後、何も思い浮かばなかったのか、やがて観念したように頷いて見せてきた。

「どうして？　何で初めてじゃない振りなんか……。というよりも……ビッチなんてみんなに噂される様な真似を？」

どうしてそんな嘘をついたのだろうか？

わけが分からず姫を真っ直ぐ見つめて問う。

「どうしてって……それはその……」

この視線に対して、姫は何と答えるべきか逡巡《しゅんじゅん》する様な表情を浮かべて見せてきた。

その上で――

「祐くんが……好きだって言ったから……」

などという言葉を口にしてきた。

「好き？　僕が好きって言った？　何を？」

「何をって……その……こういう感じの女の子が……す……好きだって……」

「へ？」

そんなこと言っただろうか？

「い……いつ？」

まるで記憶にない。第一、こっちに編入して来てから、姫はもとより誰かと好きな女の子のタイプについて話した覚えなんかないが……。

「いつって……その……七年前……」

「七年前？」

「うん……。ほら、昔……あたしが公園で祐くんにどういう女の子が好き？　って聞いたことがあったでしょ」

「公園で……あっ……」

思い出した。

脳裏にその時のことが蘇って来る。

七年前、姫が引っ越す前日に、一緒に公園で遊んだ日のことが……。

確かにあの日、姫は祐馬に「祐くんはどんな女の子が好きなの？」と聞いてきた。

(覚えてる。あの時……そう、あの時僕は……)

当然その頃から祐馬は姫のことが好きだった。誰よりも……。

でも、あの時祐馬はまだ子供で、そんな気持ちを口に出すことに恥ずかしさを覚えてしまっていた。今日言わなければ一生伝えられなくなるかも知れないと思いつつも……。

だから……。

「祐くん……あの時公園にいたお姉さんを指差したでしょ。女子校生のお姉さんを」

そうだ。確かに指差した。

姫が好きとは言えないから、恥ずかしいから、ちょうど公園にいたギャルっぽいお姉さんを……。

「あたしね、それを聞いて思ったの。全然あたしと違うタイプだって……。ほら、あの時のあたし、いかにもクラス委員って感じだったじゃない？」

確かにそのとおりである。クラスに一人は必ずいる真面目な委員長――それが姫だった。

「正直あたし……ショックだったの。自分が祐くんのタイプじゃなかったってことが……。だから……だからね、その……頑張ったの。祐くんの好みになれるようにって……一生懸命今みたいになろうって……。あんなお姉さんみたいな人って、どんな風に男の人と付き合ってるのかって色々勉強したりしたのよ。実を言うとね……これ、結構無茶してるんだ。やっぱりこんな格好恥ずかしいし、ビッチなんて呼ばれたくはなかったから……。でも頑張ったの……祐くんの為にって……」

「僕の為」

それって、つまり、姫も……。

「……無茶してこんな格好してるなんて、幻滅した？」

不安そうに姫は尋ねてくる。今にも泣き出しそうな表情さえ浮かべながら……。

祐馬を騙してしまったことが辛くて怖い――そう言いたそうな表情だった。

そんな表情になんだか胸が高鳴る。自分の為にこんなに以前とは変わるくらい努力してくれた姫——その想いが堪らなく嬉しくて、これまで以上に姫が可愛らしく見えた。

「幻滅なんかするはずない。ないよっ！　嬉しい。僕……凄く嬉しいよ」

繋がりあったまま身を起こし、ギュッと姫を抱き締める。

「あんっ」

その際に膣中のペニスが動いたのか、ピクンッと肢体を震わせると共に、姫は可愛らしい声を漏らした。同時にキュッと肉壺も窄めてくる。

「くううっ……い……いいっ」

その締めつけの心地よさに快感を覚えつつ、祐馬は自分からキスをした。

「むふううっ……」

対面座位で抱き合いながら、深く深く唇を重ね合わせる。

ぐっちゅ……ぬちゅるううっ……。ぐっちゅぐっちゅぐっちゅ……。にゅじゅるっ……。ふじゅううう……。

イヤらしい音色が響いてしまうことも厭《いと》わない。唾液と唾液を交換する程濃厚な口付けだった。

「んっふ……はぁあああ……♥」

散々口腔を貪った後、唾液の糸を伸ばしながら唇を離す。その際姫が浮かべていた表情は、本当に幸せそうなものだった。

「姫ちゃん……。あの時……姫ちゃんが僕に好きなタイプはって聞いてきた時——本当は違う答えを言おうと思ってたんだ。あの時さ、恥ずかしくて思わず嘘をついちゃったんだけど……僕ね……あの時、姫ちゃんって答えようと思ったんだ」

柔らかな肢体を抱き締めながら、はっきりとあの時の想いを伝える。

「え？　う……嘘……」

「嘘じゃないよ。本当だよ。僕はね……さっきも言ったけど、本当にあの時からずっと……ずっとずっと姫ちゃんが好きだったんだ」

「あたしのことが……あの時から……」

噛み締めるように姫は呟く。

それと共に本当に嬉しそうな表情を姫は浮かべると、ギュッと祐馬の身体を抱き締め返してきた。

その上で「ふふ……うふふ……ふふふ……」笑い始める。

「姫ちゃん？　何か僕……変なこと言った？」

一体何がおかしいんだろう？　首を傾げて問うと「ゴメンね。でも、おかしくて」なんて答えを返してくれた。

「おかしい？」

「うん。だってそうでしょ。あたし、祐馬に好きになってもらおうって思って頑張ってこんな風になったのに……。ふふ、まさか祐馬がずっと前からあたしのことが好きだったなんて……。ホントおかしいわよ」

「ゴメン。僕があの時嘘ついたから……。だけどね……でも、い……今みたいな姫ちゃんも好きだよ。どんな姫ちゃんでも、僕は大好きだから」

謝りつつ、重ねて好意を伝える。どんな姫でも愛してる。どんな姫だって大好きだって、素直な気持ちを……。

「うん。あたしも好き。だから……嘘ついたことは許してあげる。でも……でもね……だけど、許してあげるかわりに……いっぱい……いっぱい……」

「いっぱい？」

「あたしを愛してね」

言葉と共にまたキスをしてきた。

これで何度目になるのかも分からないキスを……。

「うん！　愛する！　姫ちゃんを愛するよ！　いっぱい……いっぱいっ!!」

大好きだという気持ちがこれまで以上にわき上がる。

更に硬く、熱く、祐馬はペニスを屹立させていく。

「ああ……お……大きい♥」

幸せそうに姫は表情を蕩かせていった。

姫ちゃんの気持ち

大きくなる。自分の膣中で昔から大好きだった幼馴染みのペニスが大きくなっていくのが分かる。大きな肉棒で蜜壺が内側から拡張されていく。膨れ上がった亀頭、傘を開いたカリ首、なんだかゴツゴツとした肉茎――祐馬の形を膣壁越しにはっきりと確認することができた。

「祐馬……祐くん……これ……大きい……。すっごく大きいよ。大きいのが分かる……。あ……あたしの……んんんっ……あたしの膣中で、祐くんのおちんちん膨らんでる」

自分の足りなかった部分が祐馬によって満たされていく様な気がする。身体だけでなく、心まで……。

その充足感が心地いい。

「これ……あっあっ……凄い。凄いよ。あたし……初めて……これが初めてなのに、気持ちいい」

口にした言葉には、嘘も偽りもなかった。

もっと感じたい。もっともっと祐馬を身体に刻み込んで欲しい――そんな欲求が膨れ上がって来る。

「ねぇ……動いて祐くん。あたしの……んっふ……はぁあああ……はぁ……はぁ……あ…

…たしの……膣中……これで……この大きくて硬いので……グチャグチャにかき混ぜて……。もっと……もっとあたしに祐くんを感じさせて……」

ギュッと祐馬を抱き締めながら囁く様に伝える。

いや、言葉だけでは終わらない。

肉壺をキュッと収縮させ、強く肉棒を締めつけた。身体でも更なる快感を、肉悦を、幸福を、愛を、求めるように……。

「うん。分かってる。僕も姫ちゃんで感じたい。もっともっと気持ちよくなりたい。だから……だからいくね姫ちゃん。動く。動くよ。姫ちゃんの膣中……僕ので滅茶苦茶にしてあげるね」

これに祐馬は応えてくれる。

優しく微笑みながら——

「んっちゅ……むちゅうっ……」

一体これで何度目になるのかも分からないキスをしてくれた。

その上で姫の身体を押し倒してくる。今度は自分が上になり、姫を気持ちよくすると宣言するように……。

「姫ちゃん……制服脱がせて、いい？」

「え？　あ……でも……」

「見たいんだ。姫ちゃんの全部を……。だから……」

見たいと祐馬が求めてくれている。それが嬉しい。応えてあげたいと素直に思う。

「……うん。いいよ祐くん。見て……あたしの全部……。あたしも……祐くんに見せたい。あたしの全部」

「ありがとう」

礼を一言口にすると共に、祐馬は姫の制服に手をかけると、プチプチとボタンを躊躇なく外してきた。一つ一つ、丁寧な手つきだ……。

白い肌が、赤い下着が剥き出しにされてしまう。

この下着にも祐馬は当然の様に手をかけてきた。

「あ……ちょ……ちょっと待って……」

そんな祐馬を慌てて止める。

「どうしたの？」

不思議そうに祐馬が首を傾げてきた。

「どうって……それは……その……。えっと……なんか……お……おっぱい出すって考えたら、なんだか恥ずかしくなって来ちゃって」

躊躇いつつ、素直な自分の気持ちを伝えた。

「恥ずかしい？　でも……姫ちゃん……前にも……」

以前プールであった出来事を持ち出してくる。

確かにあの時、姫は祐馬の前で乳房を露わにした。祐馬に胸を揉ませ、吸わせるなどという行為まで行った。そこまでしておいて今更恥ずかしいというのは、確かに変なことかも知れない。それは姫自身だって分かっている。

「それは……そうだけど。でもね、あの時……ホントは無理してたんだよ。凄く恥ずかしくて……だけど祐くん……ああいう女の子の方が好きかなって思ったから。だから我慢して……」

「そっか……そうだったんだ。ありがとうね姫ちゃん」

繋がりあったまま上半身を折り曲げ、姫の身体をまたしても抱き締めてくる。ギュウウウッと強く。ビクッビクッビクッとペニスを膣中で震わせながら……。

「ああ……跳ねてる。あたしの膣中で……おちんちんが……んっく……んふううっ」

別にピストンされたわけでもないと言うのに、ただ抱き締められるという行為だけでも、身体中が弛緩してしまいそうな程の愉悦が走るのを感じた。

「ふふ、感じる姫ちゃんも可愛い。僕はこんな姫ちゃんが見れるだけで満足だよ。だから、うん。下着は大丈夫。姫ちゃんが恥ずかしいって言うならさ」

ただ抱き締めてくるだけではない。優しくこちらの頭を撫でるなどという行為まで行って来つつ、そんな気持ちを伝えてくれた。

その言葉が本心からのものであることくらい、幼馴染みである姫にはすぐに理解することができる。

それだけ祐馬が自分を大切に思ってくれていると言うことも……。

その気持ちが嬉しい。胸がキュンキュンしてしまう。

恥ずかしい。でも、喜ばせてあげたい。自分の羞恥よりも祐馬を――なんて気持ちまで膨れ上がって来るのを感じた。

「やっぱりいいよ。見て……祐くん。あたしの……お……おっぱい」

「……いいの？」

「うん。見せてあげたくなっちゃったから。だから……ね」

「……嬉しいよ姫ちゃん」

その言葉と共に、祐馬は姫のブラジャーに手を添えると、上側にずらしてきた。

（ああ……恥ずかしい）

ブルンッと弾ける様に乳房が飛び出す。白い肌、ピンク色の乳輪、既に勃起してしまっている乳頭が、祐馬の前にさらけ出される。

当然の様に幼馴染みは視線を向けてきた。

（見られてる……祐くんにあたしのおっぱい）

顔が火を噴きそうなくらいに熱くなっていく。まるで発熱でもしているみたいに頭がクラクラしてしまう。それ程に羞恥を覚えてしまう状況だった。

けれど何故だろう？

「やっぱり……大きい……。それに……凄く綺麗だよ」

などという言葉を祐馬に向けられると、恥ずかしさを超える程の歓喜が心の中に広がっていく。祐馬が自分の乳房を見て喜んでくれていると言うことに、バクッバクッバクッと破裂しそうな程に心臓が高鳴っていった。

わき上がる喜びに比例する様に、肉壺も収縮していく。ただでさえ破瓜を迎えたばかりのきつい蜜壺で、ギュウウウッとこれまで以上に強く締めつけていった。

「あああ……い……いいっ！　凄い……きつい。これ……すぐ……またすぐ出ちゃいそうなくらいだ」

「い……いいわよ。出しても。ううん……出して。もっと……もっともっとあたしに出して……。祐くんを感じさせて」

膣壁で挟み込むだけでは終わらない。

「んっく……はぁあああ……んっんんっ……んふううっ」

ぐっちゅ……。ぬちゅううっ……。ぐっちゅぐっちゅぐっちゅ……。ずちゅうぅ……。

祐馬に組み伏せられた正常位状態で、姫は腰を動かし始める。射精して欲しい。膣中を熱液で満たして欲しいと訴える様に……。

「うん……出すよ！　出すっ!!　姫ちゃんの膣中にたくさん……たくさん流し込む」

この求めに幼馴染みは答えてくれる。

ぐっちゅ！　ずちゅうっ！　ずっちゅずっちゅっずっちゅずっちゅずっちゅ!!

膣中をかき混ぜる様に、激しく、何度も何度も膣奥に肉槍を突き込んできた。

「あっぁあっぁあっ！　と……どくっ！　んっふ……はふううっ……んっんっ——んんん

っ！　おちんちん……祐くんの……あ……つくて……硬いの……あたしの……お……くに……届いてるっ」

肉先が子宮口に当たる程奥にまで突き込まれる。

ズンズンズンッと腰を叩き込まれると、そのたびにチカッチカッと視界が明滅する程の刺激が走った。

激しい突き込みにブルンッブルンッと乳房も上下に揺れ動く。

「エッチ……姫ちゃんのおっぱい……凄くエッチだよ」

「エッチって……いや……やだよ。んっふ……あううっ……。は……恥ずかしいから……そんなこと……いっちゃいやぁ」

「でも本当のことだもん。エッチで、凄く可愛いよ」

言葉だけではない。祐馬はピストン運動を続けながら、乳房にも手を伸ばしてきた。グニュッと掌で柔肉全体を包み込んでくる。そのまま捏ねくり回すように胸を揉むなどという行為まで……。

指が柔肉に食い込む。指先で、乳首が摘ままれる。

引っ張るように、転がすように、押し込むように愛撫が加えられた。

「あんんっ！　あっふ！　あっあっ……あんんんっ‼」

指の動きに合わせて更なる快感が刻み込まれる。身体中が愉悦に包み込まれていくのを感じた。

膨れ上がる性感に比例する様に、全身が燃え上がりそうな程に熱く火照り始める。身体中から汗が溢れ出し、白い肌はピンク色に染まっていった。結合部から溢れ出す愛液量も増えていく。糸を引く程濃厚に変わった女蜜が、ペニス全体に絡み付いていった。

ずっちゅずっちゅとピストンに合わせて響く卑猥な音色も大きさを増していく。耳にしているだけで、頭がどうにかなってしまいそうな程に恥ずかしい音色だった。

「凄くエッチな音だよ。この音……姫ちゃん……聞こえてる？」

膨れ上がる羞恥を煽る様な言葉を祐馬が向けてくる。

「ば……馬鹿っ……。そんな……んん……そ……んな……恥ずかしいこと言わないでよ。やだ……やだぁ」

「うん。恥ずかしい音だね。でも……とってもいい音色だよ。もっと聞かせて……もっと」

やだなんて訴えたところで、祐馬は聞き入れてなどくれない。

それどころかこちらが恥ずかしがれば恥ずかしがるほど、幼馴染みは興奮を高めていく。挿し込んだ肉棒を大きく、硬く膨張させて来る。

「まだ……まだ大きくなる！　これ……広げられる。あたしの膣中……おちんちんで……んっく……あああぁ……ひ……ろげ……られてくぅう。大きい……。これ……大きすぎる……。あたしの……あたしの身体……裂けちゃいそうなくらい」

巨大な杭で肉体に穴を開けられていく様な感覚だった。

「裂けちゃいそう？　それって辛い？　痛い？」

気遣う様な視線を向けてくれる。

「い……痛くは……ない……」

首を横に振る。

言葉どおり、痛みはなかった。これが初めてのセックスだというのに……。

いや、それどころか――。

「気持ちいいよ。これ……ズンズンッて……あっあっあっ！　膣中……あたしの奥を……祐くんのおちんちんでズンズンッてされるの……いい……。これ……いいよっ」

下腹部がドロドロに蕩けてしまいそうな程の愉悦を覚えてしまっている自分がいた。

「そっか……嬉しいよ。でも、まだまだ！　もっとだ！　もっと気持ちよくしてあげる!!」

姫が口にした気持ちいいという言葉に本当に嬉しそうな表情を浮かべると、祐馬は更にピストンを激しいものへと変えてきた。

ドッジュドッジュドッジュと膣奥を叩いてくれる。しかも、その抽挿はただ腰を前後させてくるだけではなかった。

まるで円を描くように肉壺をかき混ぜてくる。

時には入り口付近のみを焦らすように亀頭で擦り上げてきたかと思うと、こちらが奥まで欲しいと思ったタイミングで腰を突き込んできたりもした。

「ふひいいっ！」

その突き込みだけで目の前が真っ白に染まる。軽く意識が飛んでしまいそうな程の心地よさに、戦慄くように肢体を震わせ、よりきつく肉槍を締めつけた。

狂おしい程に身悶える。祐馬に抱き締められながら、身も心もドロドロになってしまうんじゃないか？ と思う程の肉悦に全身が包み込まれていた。

「おかしくなる。これ……よすぎて……き……もち……んんん！ よくて……あたし……これ以上さ……れたら……ホント……んっく……あああっ！ 本当に……おかしくなっちゃう」

自分が自分でなくなってしまうんじゃないか？ とさえ思える程の愉悦だった。

「いいよ。おかしくなって！ もっと……もっと感じて！ もっと僕で気持ちよくなって！ エッチな声を聞かせてっ!!」

その言葉と共に祐馬は乳房へと口を近づけてきたかと思うと、勃起した乳頭に舌を這わせてきた。

「ふひぃいいいっ♥」

途端に電流の様な愉悦が全身を駆け抜けていく。ただでさえ快感に蕩けていた表情が、よりだらしなく歪んでいった。

そんなこちらの反応を上目遣いで確かめつつ、幼馴染みは舌をくねらせてくる。乳輪を舌でなぞり、乳首を何度も何度も舌先で転がしてきた。遂には乳首を咥え、チュウチュウと吸引行為まで始めてくる。

「んんん！　こ……れ……いいっ♥　祐くん……いいっ♥　いいよぉおお♥　凄いの……き……もち……よすぎる！　これ……感じすぎちゃう」

思わずもっと胸を弄ってくれという様に、胸元の祐馬の後頭部を強く抱き締めながら、歓喜の悲鳴を室内中に響かせた。

「いく……。よすぎて……あたし……もう……我慢できない！　いくよ……。こんなの……イッちゃうよぉ」

激しくなっていく突き込みと乳房への愛撫に比例する様に、絶頂感が膨れ上がって来るのを感じた。

これまで、祐馬を思ってしてきた自慰の時感じたものとは比べものにならない程、大きな絶頂感が下腹部から全身に広がってくる。快感の濁流が、官能の疼きが、心も身体も支配しようとしていた。

「いいよ！　イッて！　僕で……僕でイッて……姫ちゃん！」

「だ……駄目……駄目よ祐くん……それは駄目ぇえっ」

正直なことを言えば、このまま身も心も任せてしまいたいと思えるくらいに、感じる肉悦は心地いいものである。

だが、それでも絶頂を拒絶する。駄目だと首を左右に振る。

「どうして？　気持ちいいんでしょ？」

「そう……。そうよ……あっあっ……そうだけど……でも……駄目……。あたしだけなんて……だ……めぇぇ……あっあっあんんんっ！」

自分だけでイキたくはなかった。

「一緒……一緒がいい。あたし……祐くんと一緒……一緒にイキたい。大好き……祐くんのこと……んっく……あああっ！　だ……大好き……だから♥」

イク時は祐馬と一緒がいい。祐馬と一緒に快楽の頂に至りたい。

「分かってる！　僕も……くううっ……僕も出すよ！　もう耐えられない！」

「膣中に……んんっ！　あ……あたしの膣中に……流し込んで……祐くんの熱いの……お願いっ！　沢山ちょうだいっ‼」

「出す！　姫ちゃんの膣中に……出すよっ‼」

どっじゅ！　ぐじゅううつ！　どっじゅどっじゅどっじゅどっじゅどっじゅっ‼

二人で腰をくねらせる。

痛々しい程に膨れ上がった肉棒を、涎の様に多量の愛液を垂れ流す膣口できつく咥え込み、襞の一枚一枚で肉茎を絞りながら……。

「あああ！　出るっ！　もうっ！　もううううっ‼」

この締めつけが余程気持ちよかったらしく、膣壁越しでもはっきりと認識できるくらいに、祐馬はペニスを膨れ上がらせてきた。今にも破裂してしまいそうな程に、亀頭を膨張させてくる。これまで以上に肉壺が押し広げられていくのを感じた。

膨れ上がった亀頭でゴリゴリと膣中を削られる。カリ首で膣壁を擦り上げられるたびに、ビュッビュッと結合部からは愛液が飛び散った。

膨れ上がった肉棒によって内臓が内側から圧迫される。息が詰まってしまいそうなくらいに。

けれどどうしてか、その圧迫感すら快感として受け止めてしまう自分がいた。

「き……来て……祐くん……。もう……我慢できない。だから……ビュッビュって……して♥ あたしの膣中……熱いので……熱い汁で……いっぱいにしてぇ♥」

押さえ込めないほどの快感に全身が溶けていく。脳髄さえも蕩けてしまいそうな快感に押されるように、躊躇うことなく射精を求めた。

「ああ……出る！ 出るよ！ くうう！ 出すっ！ 膣中に……姫ちゃんの膣中に——」

この求めに応じるかのように、ドジュンッとこれまで以上に奥——子宮がへしゃげてしまいそうな程奥にまで、肉槍を突き込んでくる。

「ふひいいいっ♥」

一瞬視界が歪むほどの肉悦が全身を駆け巡った。

次の刹那——

「くううっ!!」

どびゅばっ！ ぶっびゅ！ どっびゅどっびゅどっびゅどっびゅ——どびゅるるぅっ！

小さく呻くと共に、白濁液を祐馬は撃ち放ってくる。一瞬で子宮を、膣中を満たす程多量の牡汁を……。

「あぁあ！　す……ごいっ！　これ……来るっ！　で……てるっ！　ドクッドクッドクッ……んんん！　膣中……あたしの……な……かに……熱いの……祐くんの熱いの……来てるぅううっ♥」

膣壁に濃厚な汁が染み込んでくるのを感じた。祐馬が自分の膣中に溶け、混ざってくる様な感覚を覚える。何だかとても幸せで、最高に心地いい感覚だった。

その快感に押されるように、限界まで膨れ上がっていた肉悦が爆発する。

「……い……いいっ♥　熱いの……よくて……き……もちよくて……あぁあ……い……いくっ♥　あたし……もうっ……もうぅううっ！　いくのっ!!　イクイク――イッちゃうのぉおおお♥♥♥」

視界が真っ白に染まった。

全身が肉悦に包み込まれる。

「あっあっ――んぁあああああ♥♥♥」

切なげに眉根に皺を寄せながら、口を半開きにし、口端から唾液を零しながら、背筋をブリッジでもするみたいに反らしつつ、激しく肢体を戦慄かせた。身体中が弛緩してしまいそうな程強烈な肉悦に打ち震える。

「い……いいっ……。いいよぉおお♥」

このまま死んでしまったって構わない――とすら思える様な幸福感まで覚えながら、歓喜の嬌声を姫は室内中に響き渡らせた。

「姫ちゃん……好きだよ」

そんな姫を慈しむ様な視線で見つめつつ、幼馴染みがそう囁いてくる。

好き——その言葉が脳髄に、いや、全身に、染み込んでくるのを感じた。

「あたしも……好き……♥　祐くんのこと……大好き♥　だから……お願い……ギュッてして……。チューして」

言葉だけじゃ足りない。もっともっと祐馬を感じたかった。

だから抱き締めてくれと両手を広げる。

「姫ちゃん」

これに祐馬は応えてくれた。

ギュッと姫を抱き締め——

「んっちゅ……むちゅうう……♥」

優しくキスをしてくれた。

伝わってくる唇の感触が本当に心地いい。

その感触を抱き締めながら、もう二度と放したくないとでもいう様に、祐馬の身体を抱き締める腕に、より強い力を込めていった……。

＊

「え～、それじゃあ以前から話してあったとおり、今日は編入生を紹介する。んじゃ上崎……入ってこい」

転校生が来る。この学校に、その話を聞いた時、姫が感じたことは、生徒会長として新しい仲間が早く学校に慣れることができるよう、自分が頑張らなければならないということだった。どんな子が来ても構わない。自分にできるだけのことをしてみせる――と。

だからどの様な生徒が入ってきても、動揺するつもりなんかまったくなかったのだが、先生が上崎と口にした瞬間、姫の心臓は今にも爆発してしまいそうなくらいに、激しく鼓動した。

理由は簡単――上崎という名字は、姫にとってとても大切なものだったから……。

とはいえ、すぐに姫は深呼吸し、自分の心を落ち着かせた。

何故ならばあり得ないから。大好きだった幼馴染みが、ずっとずっと想ってきた幼馴染みが、こんなところに現れることなんかないと思っていたから……。

確かに、祐馬は編入試験を受けていると言っていた。けれど、神前院学園の編入試験は並のものではない。もしかしたら大学入試よりも難しいんじゃないか――と思う程に。

だからそうなってくれれば嬉しいとは思いつつも、祐馬の手紙に書かれていた『今度こそ編入試験に受かってみせる』という文言は話半分に聞き流していた。

そう、あり得ないことのはずだった。

しかし、先生が上崎と呼んだ生徒がクラスに入ってきた瞬間、姫は天地がひっくり返ってしまうんじゃないか？　と思う程に驚いてしまった。

だって、教室に入ってきたのは、あの日別れた時の面影を濃く残した祐馬だったのだから……。

（本当に来てくれた。祐くん……本当にあたしのところに来てくれたんだ）

正直涙を流してしまいそうなくらいに嬉しかった。すぐにでも駆け寄って抱き締めたくなるほどに……。

（って、駄目よ駄目。別に祐くんはあたしに会いに来てくれたわけじゃないでしょ。前から手紙で言ってたじゃない！　お医者さんになる為にしっかり勉強できる学校に転校したいって……。その為にウチの編入試験を受けようとしてるって……。駄目駄目。はしゃいじゃ駄目よ。あんまり喜びすぎたら変な風に思われちゃう！）

必死に自制するように自分自身に言い聞かせた。

同時に思い出す。あの日のことを、祐馬が自分に対してギャルっぽい女の子がタイプだと語った日のことを……。

（あたしは……祐くんの好きなタイプの女の子になれるよう頑張って来た。色々勉強して、その……男の子にはエッチな子だって思われちゃうくらいに……。それもこれも、全部祐くんに再会した時、あたしを幼馴染みじゃなくて女の子として見てもらう為。だから、ここで作って来たイメージを壊すわけにはいかないわ！　見せるの！　祐くんの好きな女の子に変わったってところを‼）

ずっと一緒に育ってきた幼馴染み。それだけじゃない。自分にとっては誰よりも大切な男の子——それが祐馬である。

でも、きっと祐馬は自分を幼馴染みとしか見ていないだろう。それが寂しい。一人の女の子として見てもらいたかった。その為に努力してきた。その成果をここで！

自分自身に言い聞かせつつ、ドキドキと心臓を高鳴らせながら――

「あああ！　やっぱりっ‼」

と、姫は教室中に響く声を上げた。

ギャルっぽく、積極的に――祐馬と再会して以来、姫は以前にも増して自分にそう言い聞かせるようになった。そうして頑張っていれば、いつか祐馬が自分の想いに気付いてくれるかも知れないから……。

だから積極的に祐馬に抱きつき、わざと胸を強く押しつけたりもした。

（恥ずかしい。祐くんにこんなことするなんて……恥ずかしいよ。でも、祐くんにあたしを見てもらう為だから）

羞恥を覚えつつも、そう自分に必死に言い聞かせながら……。

そんな努力が実ったお陰だろうか？　祐馬の方から生徒会を手伝いたいと言ってくれた。正直、嬉しかった。本当の本当に、心の底から……。

祐馬と一緒に働くことができる。昔みたいに二人で一緒にいることができる――そう考えるだけで、背中に翼でも生えたみたいに身体が軽くなっていくのを感じた。

（もっと近づけるかな。もっと祐くんと……）

なんてことを期待してしまう自分さえいた。

ただ、結構積極的に出ている気は自分でもしていたのだけれど、祐馬の方が距離を詰めてきてくれることはなかった。どこか自分に対して遠慮している様な気がするとでも言うべきだろうか？

（そういえば……昔から祐くんってあんまり積極的な方じゃなかったよね。でも、こういう場合どうすればいいんだろう？）

自分から好きと告白するのが一番だとは思っていた。

でも、それはできない。

情けないけれど、どうしても恥ずかしくなってしまう自分がいたから……。

いや、それだけじゃない。もし振られてしまったら——ということも考えてしまう。脳裏に思い浮かべるだけで、恐怖すら覚えてしまう様な想像だった。

それに、生徒会活動を初めて以来、祐馬の様子がどこかおかしく、告白どころではない気もした。

何かを悩んでいると言うべきだろうか？　どこか様子が暗く見えた。元気がないようにも……。

あくまでも些細な変化でしかない。事実、他の生徒達は祐馬の異変にまるで気付いていなかった。

それでも幼馴染みである姫の目には、祐馬の変化は明らかだった。

（どうしちゃったんだろ祐くん……。何か辛いこととか、悩み事でもあるのかな？　元気づけてあげたいな）

暗い祐馬なんか見たくはない。

悩み事の解決――それが無理だとしても、せめて笑顔にさせてあげたかった。

とはいえ、どうすれば男の子を元気づけることができるのだろうか？　ということが姫には分からなかった。

だから姫はある日、自分に「ちょっと彼女のことで相談したいんです」と話しかけてきた男子に対し、彼の相談を聞いた後「ねぇ、落ち込んだ男子を励ますには、どういうことをすればいいと思う？」と尋ねてみたりした。

「どうって……その……」

後輩男子はちょっと口籠もりつつ、チラチラと姫の胸元へと視線を向けてきた。

（やだ……。見てる。ううう……祐くん以外には見せたくないんだけどな。でも、こういう女の子が好きなんだよね祐くんは……。だから……我慢。我慢よ姫っ!!）

恥ずかしさはあるけれど、自分自身に必死に言い聞かせて抑え込む。それどころか後輩に対して挑発する様な笑みを浮かべて見せると――

「もしかして……エッチなこと……とか？」

なんて尋ねてみた。

「それは……えっと……。は……はい……」

これに対して後輩は顔を真っ赤にして頷く。その反応を見れば分かる。彼女持ちの男の子でさえ、自分を意識していると言うことが……。

「ありがと。すっごく参考になった」

「あ……いえ、そんな……。でも、会長……どうしてそんなことを？　こんな言い方するとアレですけど、会長ってそういうことに詳しそうだから。俺が会長に彼女のこと相談に来たのも、会長だったら色々知ってるって話を聞いたからですし」

「なるほどね。まぁ……確かにあたしは詳しいわよ。色々ね♪」

我ながらよく言うものだと思った。嘘もいいところなのだから……。だから少し罪悪感を覚えてしまったりもしたけれど、これも全部祐馬の理想の女の子になる為なのだから仕方がない。

「だけどさ……やっぱり男の子本人から話を聞くってのも重要だからね」

フフッと余裕ぶった笑みだって浮かべて見せた。

「ありがとうございました」

相談を終え、生徒会室のドアを開いたところで、男の子はそんな風に礼の言葉を述べつつ、頭を下げてくれた。

「いいっていいって……。生徒の為に働くのも生徒会長の仕事だしね。で、どうだった？　スッキリできた？」

やっぱり人に喜んでもらえるというのは嬉しい。なんだかこちらまでいい気分になりながらそんなことを問う。

「はい！　凄くスッキリしました」

「そう、よかった。まぁこれからも色々ため込む様なことがあったら、あたしのとこに来てくれていいわよ。たっぷりサービスしてあげる♪」

実のところ顔が真っ赤になりそうな程の羞恥さえも覚えつつ、きっと祐馬が好きなタイプの女の子ならこうするだろう——と思い、パチッとウィンクまでした。

（エッチ……やっぱり男の子はエッチなことをすると、元気になるんだ）

なんてことを考えながら……。

とはいえ、どんな風にすればいいのかが分からない。エッチなこととはなんなのかということを、姫は一晩中悶々と考え続けた。それだけでなく、パソコンで男子が好きそうなシチュエーションを調べるなんてことまで……。

ただ、そうして考え、調べたたところで実行に移せるとは思えなかった。やっぱり恥ずかしいから……。

けれど、翌日会った祐馬の様子がこれまで以上にどこか沈んでいるように見えて、いてても立ってもいられなくなってしまった。

元気づけてあげたい。祐馬を……。

その想いのままに——

「きゃっ」

姫はわざとバランスを崩し、祐馬の股間にお茶を零した……。

(しちゃった……。祐くんにあんなエッチなこと……)

その夜、自室ベッドの横になり、天井を見つめながら祐馬にしてしまったことを、姫は脳裏に反芻《はんすう》した。

自分が想像していたよりも、ずっと硬く、大きく、熱くなったペニスを扱いたことを……。それどころか、口で咥えるなどという行為までしてしまったことを……。

初めて受け止めた精液の感触を思い出す。ヌルヌルとしていてとても熱く、それに凄く苦かった。それなのに、なんだか飲んであげたくなる様な不思議な汁の感触を……。

あの後、あまりにドキドキしすぎてしまい、別にしてるわけでもないバイトを口実に生徒会室から逃げ出してしまった。

(祐くん……喜んでくれたかな？　元気になってくれたかな？)

自分で言うのも何だけれど、はっきり言って実にぎこちない手つきだったし、口淫だって本当に拙いものだったと思う。一応射精まで導くことはできたけれど、アレで本当に祐馬が喜んでくれたのかどうか——自信はなかった。

(それに……あたしのこと……軽蔑したりしてないかな？)

もし実は祐馬がエッチなことを嫌っていたりでもしたら——今更になってそんなことも考えてしまう。なんだか恐ろしささえ……。

ただ、そう感じつつも、自分がした行為を思い出すだけで身体を熱くしてしまう。それと共に喉も渇いていった。いや、それどころかジンジンと下腹部までも疼き始める。

（祐くんのおちんちん……凄く大きかった。あれが……男の子のものなんだ。あんなに大きくなるんだ。あんなの本当に挿入《はい》るの？　あたしの膣中に）

などということをどうしても想像してしまう。

大きくて逞しい屹立——自分の秘部に対してあまりにも大きい気がした。あそこが裂けてしまうんじゃないかと思うくらいに……。

ただ、そうして無理だ。挿入るワケがない——と思いつつも、挿入《い》れられた姿を想像してしまう自分がいた。

エッチな女の子になる為に、エッチなことを色々調べた。パソコンでそういう写真や動画だって見てきた。そこで見た女の人達は、みんな気持ちよさそうな表情を浮かべていた。祐馬のものくらい大きなペニスでも、あんな風に気持ちよくなることができるのだろうか？

「はぁ……はぁ……はぁ……」

考えていると、それだけで息が荒くなっていく。ジュワアアッと秘部から愛液が溢れ出し、ショーツに染み込んでくるのを感じた。

（なんか……我慢できない……）

自然と手を自分の秘部へと伸ばしてしまう。

寝間着の中に、下着に指を差し込む。

「あっふっ」

グチュウッと湿った感触が指先に伝わって来た。ただ触れただけでしかないと言うのに、まるで電流でも流されたみたいに肢体が震えてしまう。

(やだ……あたし……まだ何もしてないのに……もうこんなに濡れちゃってる)

溢れ出す愛液量は、失禁しているのでは？　と言っても過言ではないほどだった。

愛液だけじゃない。襞の一枚一枚まで指先に絡み付いてくる。本当にこれは自分の身体なのだろうか？　とさえ思えてしまう程に、指先に伝わってくる感触は淫靡なものだった。

(我慢できない)

どうしようもないほどに興奮が高まっていく。

(あたし本当はエッチな子じゃないのに……)

なんてことを思いつつも、指を秘部から離すことができなかった。

それどころか、密着させた指を蠢かせるなどという行為まで……。

「んっく……あっ……んふうっ！　あっあっあっ……」

ぐっちゅ……ぬちゅううっ……。ぐっちゅぐっちゅぐっちゅ……。

指を膣口に突っ込んだりするわけではない。あくまでも肉花弁を上下に擦り上げるだけという自慰だ。ただ、それだけでも興奮しきった肉体は性感を覚えてしまう。

卑猥な音色を響かせながら、秘裂を上下に擦るだけで、抑えがたい嬌声を漏らしてしまう自分がいた。

「あっふ……んくううっ！　あっあっあっ……はふううう……。ゆ……祐くん……ああっ……祐くんっ……んひっ！　ひんんっ！　んっんっ……んふぅううっ」

ねっとりと溢れ出す肉汁を指先で絡み取りつつ、敏感部を刺激していく。そのたびに、全身が弛緩しそうになるほどの肉悦が身体中を駆け巡っていった。

同時に祐馬の姿が脳裏に思い浮かぶ。自分を愛撫する幼馴染みの姿を想像してしまう。ずっと大好きだった大切な人──その姿を想起するだけで、更に肉悦が膨れ上がっていくのを感じた。

「いいっ！　これ……凄く……いいっ……」

ヒダヒダを指先で押し込む。自分でも驚いてしまうほどに勃起したクリトリスを摘まむと、躊躇なく包皮を剥き、シコシコと露わになった陰核を扱いた。

「いく……祐くん……あたし……んっふ！　あああ……すぐ……あっあっあっ……こんなのすぐ……イッちゃうよ。駄目……これ……いいっ……よ……すぎて……あたし……すぐ……すぐにぃっ……」

興奮しきってしまっていたせいで、ほんの数度敏感部を扱いただけでしかないというのに抑えがたい程に絶頂感が膨れ上がって来るのを感じた。

増幅する肉悦に逆らうことなどできない。

ぐちゅううっ！　ぬっちゅ……。ぐちゅるるるぅ……。ずっちゅ……。ぬっちゅぬっち

ゅぬっちゅ……。

自分でも意識せぬままに指の動きを激しいものに変えていく。幾度も幾度も肉花弁を擦り、何度も何度もクリトリスを刺激した。指が愛液でドロドロのグチャグチャになることも厭わずに……。

「あああ……来るっ！　く……るっ‼」

身体の内から快感の濁流が襲い来る。

そして――

「んっひ！　あっあっ――んぁあああああっ♥」

ジュワアアッとこれまで以上に多量の愛液を分泌させせながら、背中を弓形に反らし、腰を突き出す様な体勢を取りつつ、姫は絶頂に至った。

身体中を小刻みに痙攣させせる。全身が溢れ出した汗に塗れていった。濃厚な、噎せ返りそうな程の発情臭を部屋中に漂わせる。

「あっふ……はぁあああ……。はぁー。はぁー。はぁあああ……」

絶頂後の気怠さに包み込まれながら、何度も何度も荒い吐息を漏らした。

そうしてしばらくぐったりした後、ショーツの中に突っ込んでいた手を引き抜き、徐《おもむろ》に見つめる。

（手……グチョグチョ……。恥ずかしい……。学校でおちんちん咥えただけじゃなくて、こんなことまでしちゃうなんて……。明日からどんな顔して祐くんに会えばいいんだろ

う？　恥ずかしすぎるよ）

いっそ休んでしまいたいと思える程の羞恥を覚えてしまってる自分がいた。

しかし、逃げるわけにはいかない。

何故ならば、あの程度の行為で動じたりする様な女の子では、きっと祐馬の理想には合わないから……。

だから――

「おっはよ♪　ゆ～うくん！」

祐馬を見るだけで赤面してしまいそうな程の羞恥を覚えつつも、それを決して表には出さず、これまで同様に幼馴染みに接した。

ただ、それでも、そうして努力はしても、やっぱり意識してしまう。祐馬の姿を見ていると、時折脳裏に生徒会室での行為がちらつく様になってしまっていた。

思い出すたびに、まるで発熱でもしてるみたいに身体を熱く火照らせてしまう。同時にドキドキと心臓が早鐘の様に高鳴っていくのを感じた。

また喜ばせてあげたい――などという欲求まで膨れ上がって来る。

けれど祐馬は何も言ってこない。まるであの日のことなんかなかったみたいに……。

（男の子は凄くエッチだって聞いてたけど、祐くんはそうじゃないのかな？　それとも、あたしにされても気持ちよくなかったのかな？　だからもうして欲しくないのかな？）

などということを考え、悶々としてしまった。

あそこまでされたら、もう少しがっついてきてもいい様な気はするのだけれど……。

だから、実際祐馬はどう考えているのかを試す為に、ちょっと恥ずかしいけれど際どいスク水を着て見せたりもした。

しかも、それだけではなく「今時あたし達みたいな歳で処女とか……あり得ないでしょ。祐馬だってしたことくらいあるでしょ？」なんて煽る様な言葉まで……。

この時、姫の心臓はこれまで以上に脈打っていた。もし、祐馬が童貞じゃなかったらどうしよう？　もし、自分が処女じゃないなんて言葉に幻滅されたらどうしよう——などということをどうしても考えてしまっていたから……。

そんな姫に対して祐馬がくれた答えは「したことくらいって……そんなの……な……ないよ」というものだった。

それがなんだかとても嬉しくて、思わず何度も何度も、噛み締めるように祐くんは童貞と呟いてしまった。

その上で舞い上がってしまっていたせいだろうか？

「それならさ……その……お詫びと言ったらなんだけどさ、もしよかったらあたしと……する？」

なんてことまで口走ってしまっていた。

というワケでエッチをすることになった。

プールの更衣室で、水着姿で……。

（するんだ。あたし、祐くんとエッチ……。　祐くんと……）

心の中で現状を噛み締める。

目の前にいる祐馬を見つめていると、それだけでキュンキュンと胸が高鳴っていくのを感じた。

水着の上からでもハッキリ分かるくらい大きくなったペニスを見つめていると、自分の身体まで熱くなっていく。気持ちよくさせたい。感じさせてあげたい――そんな欲求まで膨れ上がって来るのを感じた。

（抱き合って……キスしたい）

などと言う想いまで……。

最初、この想いに姫は従おうとした。抱き締めた祐馬の唇に自分から唇を近づけ、重ねようとした。

でも、それはギリギリのところで思いとどまった。

（き……キスは恋人同士になってからだよね。その……まだあたし……祐くんの彼女になったわけじゃないんだし）

ここまでしておいて我ながら今更そんなこと――と思わないこともなかったけれど、ギリギリのところで踏みとどまり、これまで学んで来た「どうすれば男の子を喜ばせることができるのか？」という知識を必死に思い出し、祐馬の身体をベンチの上に押し倒すと共に、唇の代わりに首筋に口唇を押しつけた。

もちろん押しつけるだけでは終わらない。チュッチュッチュッと口付けを繰り返す。首筋を吸い、チロチロと肌を舐めたりもした。

前回手淫や口淫をした時同様、愛撫は本当にぎこちないものとなってしまう。これで祐馬が気持ちよくなってくれるのかどうか？　正直疑問だった。

それでも、一生懸命祐馬の身体を舐め回す。首筋を吸い、乳首を舌で転がしたりもした。それに加えて下半身に手を伸ばすと、ペニスを剥き出しにし、それを扱き上げるという行為まで……。

（恥ずかしい。頭がどうにかなっちゃいそう。こんな……こんなエッチなことをしちゃうなんて。でも……喜んで欲しい。祐くんに感じて欲しい。あたしで気持ちよくなって欲しい。だって……好きだから。大好きだから）

祐馬のことがいつから好きだったのか？　どうして好きになったのか？　実を言うと自分でも覚えていない。だって、物心ついた時には好きだったから……。

そんな大好きな男の子に奉仕をする。舌を伸ばして肌を舐め、ペニスをシュコシュコと何度も扱く。

愛撫を加えるたびにビクッビクッと肢体を震わせる幼馴染み――その姿を見つめているだけで、どうしようもないほどに全身が熱く火照っていくのを感じた。

抱かれたい。祐馬に抱かれたい。この逞しいペニスを自分の身体に迎え入れたい――いや、それどころか、感じさせて欲しい。自分のことも気持ちよくして欲しい……などということまで……。

そんな考えが伝わったのだろうか？

「その……い……イヤならいいんだけどさ。えっと……ぼ……僕も……感じさせたい。姫ちゃんを気持ちよくしてあげたい」

なんてことを祐馬は言ってくれた。

本当に嬉しい申し出だった。断ることなどできるはずがなく、姫はこれを受け入れ、幼馴染みに愛撫してもらった。とても恥ずかしかったけれど……。

(気持ちいい。祐くんにおっぱい弄られるの凄くいい。これだけでイッちゃいそうなくらい。でも、だけど……これだけでイキたくない。もっと……もっと祐くんを感じたい。うん……祐くんにもあたしを感じてもらいたい)

しばらく愛撫を受け続けたからだろうか？　身体が祐馬を求め始める。欲しい。ペニスを突き挿入れて欲しい——肉体が祐馬と一つになることを欲していた。

「姫ちゃん……もう」

祐馬も同様だったらしく、姫を求めてくれる。

「うん……分かった」

この求めを拒絶することなどできなかった。何故ならば姫も同じ気持ちだったから……。

けれど何故だろう？　いざとなると、祐馬を迎え入れることができなかった。

(これ……祐くんのおちんちん……挿入れたら……あたしが処女だってバレちゃうよね？　もしそうなったらどうなるの？　処女だなんてバレたら……もしかして、嫌われちゃうんじゃないの？)

ということを考えてしまう自分がいたから……。

だから結局一つになることはできず——

「今日は……これで我慢してね」

自身の秘部で肉棒の裏筋を擦り上げるという行為で終わってしまった。

(どうすれば祐くんともっと近づけるんだろう？　どうすればあたしの想いが伝わるのかな？　って……そんなの、告白が一番に決まってるよね。でも……それは怖い)

断られることを想像すると足が震えてしまう。

自分でも驚くくらいエッチなことを祐馬に対してしてしてしまっておいて今更という気もしたが、怖いものは怖かった。

だけど、折角再会することができたのだ。もっと仲良くなりたい。もっと心も身体も近づきたい。

なんてことを考えていた時、姫は気がついた。

「あ……そういえばもうすぐ祐くんの誕生日だ」

何かプレゼントを用意しなければならない。

でも、どんなプレゼントがいいだろうか？

祐馬に喜んでもらえる様な、それでいて自分の気持ちが伝わる様なプレゼント……。

「そうだっ！　確か……」

部屋の棚を漁り、昔から大好きだった少女漫画を取り出し、ペラペラとページを捲る。

「あった……プレゼントのセーター」

開いたページは、ヒロインが好きだった幼馴染みの男の子に手編みのセーターを渡す場面だった。

(もうすぐ寒くなりそうだし、これがいいかも知れない。祐くん……喜んでくれるかな？頑張らなくちゃ！)

うんっと姫は気合いを入れた。

＊

「ねぇ祐くん……その……ちょっと恥ずかしいんだけどさ、セーター……着てもらってもいいかな？」

しばらく祐馬と抱き合い続けた後、姫は身を起こすとそんなおねだりをした。

「うん。僕も……着てみていいかなって聞こうと思ってたところなんだ」

なんてこと言って微笑みつつ、祐馬は頷いてくれる。

袋の中からセーターを取り出すと、半裸の姫の前でそれを身に着けてくれた。

「サイズ……ぴったりだよ」

嬉しそうな表情を祐馬は浮かべてくれる。

「よかった……。本当によかった……」

心の底からホッと息を吐いた。

「ありがとうね姫ちゃん。僕……これ大事にするよ。ずっと……ずっと……」

そう言いつつ、祐馬はギュッと姫の身体を改めて抱き締めてくれた。

「うん……。大事にしてね」

姫も祐馬の身体を抱き締め返す。

伝わってくる体温や、背中に回された腕の感触はなんだかとても心地よかった。

「ねぇ……祐くん……」

キスをして欲しい——自然と欲求がわき上がってくる。

その感情に逆らうことなく、顔を上げて瞳を閉じた。

はっきりと何をして欲しいと口にしたわけじゃない。けれど、祐馬は姫の求めに気付いてくれた。

「姫ちゃん……好きだよ」

これで今日何度目になるか分からない好きだという言葉と共に、チュッと唇にキスをしてくれる。

触れ合うだけの可愛いキスだ。

「あたしも好き」

唇の心地よさに陶酔しながら、自分ももう一度素直な気持ちを口にする。

同時に今度は姫の方から祐馬へと唇を寄せ、また口付けした。

「んっちゅ……。ふちゅぅうっ……ちゅっちゅっ……むちゅううっ」

一度だけじゃない。二人で互いの唇を求め合うように、幾度も幾度も唇と唇を重ね合わせていく。

遂には軽い口付けだけではなく、舌と舌を絡め合わせる様なキスまで……。

ぐっちゅ……むちゅうっ……。くちゅるっ……。ぐっちゅぐっちゅぐっちゅ……。

(何でだろう？　どうしてこんなに気持ちいいんだろう？　何をしてるわけでもないのに、ただキスしてるだけなのに気持ちいい。身体がドロドロに溶けちゃいそうなくらい、幸せ……。あたし……本当に幸せ)

心も身体も幸福感で満たされていくのを感じた。このまま死んでしまったって構わないと思うくらいに……。

だけど、それだけの幸せを感じていても、まだ足りない様な気がしてしまう。もっと欲しい。もっと幸福が……。もっと感じたい。もっと祐馬を……。

「はぁ……はぁ……はぁ……祐くん……あたし……また……」

ツプッと口唇と口唇の間に唾液の糸を伸ばしつつ、潤んだ瞳で祐馬の顔を見つめながら、モジモジと太股と太股を擦り合わせる。

「なに？　どうしたの？」

これに対し、祐馬は少し意地悪なことを聞いてきた。

「どうしたって……分かるでしょ」

「……そうだね。分かるよ」

素直に頷いてくれる。

「だ……だったら……」

「でも……駄目。言って姫ちゃん。僕にどうして欲しいのかを」

「そんなの……恥ずかしいよ」

散々自分からイヤらしいことをしてきた。身体を強く押しつけたり、肉棒を扱いたり、素股なんて行為まで行ってしまったり……。

そこまでしてきたけれど、本当は恥ずかしいのだ。顔から火が出そうなくらいに……。

「分かってる。だけどさ……僕……エッチな姫ちゃんも好きだから……。だから……ね」

でも、祐馬はそんな言葉を口にしてくる。

「ううう……祐くんの……エッチ……」

「うん。僕……エッチなんだ」

否定もすることなく、頷きながら真っ直ぐ見つめてくる。

「ば……馬鹿」

「ゴメンね。やっぱりその……駄目かな？」

こちらの言葉に、なんだか棄てられた小犬みたいな表情を浮かべてきた。

この顔を見るだけで姫には分かる。

今の祐馬のおねだりが、一世一代の勇気を込めたものなのだろうということが……。

「ふふ……もう……仕方ないわね」

こんな顔されてしまったら、断ることなんかできない。できるワケがなかった。

だから――。

「その……あたしね……えっと……その……ま……また……したいの……」

そうはっきりと口にした。

「祐くんとエッチしたい……。また、祐くんを感じたい。あたしの膣中で大好きな祐くんを……。だからお願い……して♥」

恥ずかしい。頭が沸騰してしまいそうなくらいに……。

それでも求める。一つになりたいと……。

「ありがとう姫ちゃん……。僕も……僕も同じ気持ちだよ！」

これに祐馬は答えてくれると共に、優しく姫の身体を抱き締めてくれた。

少し痛みを感じるくらい、こちらの身体に回した腕に力を込めつつ、祐馬は再びムクムクとペニスを膨れ上がらせてくる。

「やっぱり大きい」

見ているだけで先程一つになった時に感じた快感を思い出す。肉穴からトロオッと愛液が溢れ出し、ベッドシーツに染み込んでいった。

「挿入れて……奥に。祐くんの硬くて熱いので、私の中をグチャグチャにかき混ぜて」

愛撫なんか必要ない。今すぐにでも一つになってしまいたかった。

「うん。する。姫ちゃんの膣中を僕のでグチャグチャにするよ。滅茶苦茶にしてあげるから。だからさ……」

そこまで言うと、祐馬は姫の耳元に唇を寄せ、ぼそぼそっと「四つん這いになってもらっても……いいかな？」などという言葉を呟いてきた。

「四つん這い？　それって……」

脳裏に犬の様な格好で大好きな幼馴染みに対してお尻を突き出す自分の姿を思い浮かべる。あまりに恥ずかしすぎる格好だ。想像するだけで頭がクラクラしてしまう。

ただ、それでも――

「うん。分かった♥」

恥ずかしさ以上に応えてあげたい。祐馬を喜ばせたいという気持ちが勝る。

「はぁ……はぁ……はぁ……これで……その……これでいい？」

ギシッとベッドを軋ませながら、尻を祐馬に対して突き出した。

「凄い」

呆然とした様子で祐馬は呟く。呟きつつ、こちらの秘部へと視線を向けてくる。

(見てる。祐くんが私のお尻を見てる。恥ずかしい。やっぱりこの格好……恥ずかしすぎるよ。でも……なんか、熱い。どんどんあそこ……私のおま○こ、熱くなってく)

祐馬の視線を感じていると、それだけで身体の火照りは大きくなっていく。そうして膨れ上がっていく熱気に比例する様に、秘裂もより大きく開いていく。襞の一枚一枚が大好きな相手の前に向き出しになっていく。まるで涎でも垂れ流すみたいに膣口からは愛液が溢れ出し、太股を伝って垂れ流れていった。

「姫ちゃんのあそこ……グショグショに濡れてる。それにパクパク動いてる。こんなになるくらい、僕が欲しいの？　僕と一つになりたいって思ってくれてるの？」

「……う……うん」

否定なんかできない。

「なりたい。私……祐くんと一つになりたいよ。だから、ねぇ……お願い。来て、挿入れて。早く……ちょうだい」

欲しい。欲しい。欲しい——一分一秒だって我慢できない。大好きな人と一つに交ざり合いたかった。

羞恥を覚えつつ、その思いをはっきりと口にする。いや、口に出すだけじゃ終わらない。身体でも自分の想いを伝えようとするように、フリフリと尻を左右に振って見せた。

「ひ……姫ちゃん！」

刹那、姫の思いに応える様に祐馬が飛びかかってくる。

ガチガチに硬くなった肉槍の先端部を後背からグチュッと秘部に押しつけてきたかと思うと、何の躊躇もすることなく挿入を開始してきた。

じゅっぷ！　ぐじゅっ！　ぬじゅううううっ！

「あああ……来る！　奥……あっあっあっあっ♥　祐くんの……奥まで……私の奥まで……来るぅううっ♥」

膣壁が押し開かれていく。内側から膣道が拡張されていくのを感じた。

子宮が押し潰されそうなくらい圧迫される。お腹が破れてしまうんじゃないか？　と思えるくらいに、下腹が張り詰めていくのを感じた。

だが、その感覚は決して苦しみではない。

「い……いいっ♥　こんな……こんな恥ずかしい格好なのに……いいよ。祐くん……私、凄く……あっあっあっ……気持ちいい。いいよぉ」

感じるものは否定できない程の肉悦だった。

「僕も……僕もいいよ！　凄くいい！　出る！　また……くうう……挿入れたばっかりなのにまたすぐ出ちゃいそうなくらいだよ」

出ちゃいそう――その言葉は事実だろう。実際、膣中で肉棒は跳ね回っている。

「いいよ。来て……。私も……イクから……。だから……出していいよ」

「うん！　出す！　出すよ！　また出す！　また姫ちゃんの膣中を僕ので満たす！」

ぐっちゅ……どじゅうう！　ぐっじゅ！　ぐっじゅぐっじゅぐっじゅぐっじゅ！

頷くと共に祐馬はピストンを開始してくる。パンパンパンッと激しく腰を姫の尻に打ち付けてきた。

「んひぃいいいい！　あああ！　これ……凄い！　届く！　あっあっあっあっあっ♥　さっきより……んんん！　さっきまでより奥まで届いて……気持ちよすぎる！　んんん！　いいよ！　祐くん！　いいっ！　いいよぉおおっ!!」

先程とは体位が違うせいだろうか？　ペニスが当たる部分が違う。これまで以上に膣奥をカリ首が擦り上げてくる。

膨れ上がった傘で敏感部分を擦り上げられると、そのたびに頭の中が真っ白になり、身体中が弛緩しそうになった。

溶ける。身体が——いや、脳髄まで性感で蕩けてしまいそうになる。

でも、まだ足りない。もっと感じたい。もっともっともっと祐馬で気持ちよくなりたい。

肉悦を刻んで欲しい。

刻まれる快感が大きくなればなるほど、愉悦を求める本能はより大きく膨れ上がっていった。

その思いに逆らうことなどできない。

「出して！　祐くん……たくさん……たくさん私の膣中に熱いの……ちょうだい♥」

その言葉と共に——

ぬじゅううっ！　ぐっじゅ！　じゅっぶじゅっぶじゅっぶじゅっぶじゅっぶっ！

「んんん！　あっふ！　んふううう！　あっ♥　あっ♥　あっ♥　あっ♥」

姫自身も腰を振る。

祐馬の動きに合わせるように、プリンッと張りのある尻を淫らにくねらせた。襞の一枚一枚できつく、強く肉茎を締めつけながら……。

「くあああ！　もう……イクよ！　姫ちゃん！　僕……もうっ！」

「来てっ！　来てぇええっ‼」

腰の動きに合わせてバチッバチッと電流の様に性感が全身を駆け抜けていく。どうしようもないほどの性感にブルンッブルンッと乳房を揺らしつつ、言葉と同時にギュウウウッとこれまで以上に蜜壷を収縮させてペニスを圧迫することで射精を求めた。

「くうっ‼」

呻くと同時に祐馬がこれまで以上に奥にまでペニスを突き込んでくる。

「っ♥♥♥」

一瞬視界が真っ白に染まった。

刹那――

どびゅばっ！　ぶっびゅ！　どっびゅどっびゅどっびゅどっびゅ――どびゅるるるぅ！

射精が始まる。ドクドクと痙攣する肉槍から、多量の精液が溢れ出し、姫の膣奥へと流れ込んで来た。

「あああ……出てる！　熱いの……私の……んっく……はふうう！　膣中に来てる！　んんん！　これ……い……いいっ！　いいの！　気持ちいい！　熱いの……あっあっあっ……熱いのよくて……私……私ぃいいいっ」

下腹部に火傷してしまうのではないか？　と思う程の熱気が広がっていく。それが性感へと変換され——

「いくの！　いくっ！　イクイクイク——いっくぅううっ♥♥♥」

再び姫は絶頂に至った。

後背位で繋がりあったまま、背筋を反らし、強くシーツを握り締めながら全身を小刻みに震わせつつ……。

「あっあっあっ……はふぁあああ……♥」

全身に心地よい脱力感を覚えつつ、熱い吐息を漏らす。

ここのままベッドに倒れ込み、そのまま眠ってしまいたいと思う程に気持ちよかった。

だが、それ以上に——

「ねぇ……もっと……もっと……して♥」

身体が更なる快感を求める。もっと祐馬を感じたいと思ってしまう。

「うん。いくよ！」

これに祐馬も応えてくれる。

彼はペニスを抜くこともなく、すぐにピストンを再開してくれた。

「あっあっ……あぁあああっ♥」

再び歓喜の嬌声が室内中に響き渡る……。

四章　幸せな時間

想いを伝え合った。

両想いになった。

ただの幼馴染みではなく、恋人同士になった。

これは夢なんじゃないだろうか？　なんてことさえも思ってしまう。けれど、夢ではない。現実……そう、まさに現実だった。

「おはよ……祐くん♪」

あれから数日後の朝、学校に向かう途中、駅で姫と落ち合う。

「うん、おはよ。えっと、それじゃあ……こっち」

顔を合わせて挨拶し、一緒に登校を始める——だけじゃない。道の路地裏に姫と一緒に入る。二人で頬を赤く染めながら……。

その上でキョロキョロと周囲を確認する。誰かが見ていないだろうかと……。

誰も見ていない。

「姫ちゃん」

確認の後、真っ直ぐ姫を見つめる。

「祐くん」

姫も自分を見つめてくれた。

視線と視線を絡み合わせながら、どちらともなく唇を寄せていく。

「んっふ……んんんっ」

チュッと一度キスをした。

朝の挨拶のキス——これから毎日しようと、互いの想いを伝え合ったあの日に決めた儀式である。

「祐くん……好きだよ……♥」

重ねていた唇をそっと離すと、恥ずかしそうに頬を染めながら、躊躇うことなく気持ちを伝えてくれた。

「僕もだよ姫ちゃん！」

あまりに可愛すぎる。こんなの一度のキスだけじゃ我慢できない。

思わず抱き締めてしまう。ギュッと姫の身体をきつく、強く……。

もちろん抱き締めるだけでは終わらない。

「んむうぅっ……」

そのままもう一度キスをする。

「あっふ……くふうぅっ……。だ……駄目だよ祐くん。学校……遅刻しちゃう」

「分かってる。だけど……抑えられないんだ」

姫が言いたいことは分かっていた。姫は生徒会長で、自分も一応生徒会の一員ということになっている。他の生徒の模範にならなければならない存在だ。当然遅刻なんかしてはいけない。

　でも、それを理解していても気持ちを抑えることができなかった。心や身体が姫を求めてしまう。

　結果——

「むちゅうっ……。んっちゅ……くちゅるっ……。んっんっ……んんんっ」

　ただ唇と唇を重ね合わせるだけでは済まず、舌と舌を絡み付かせる様な深い口付けをすることとなってしまった。

　温かな姫の口腔を、自身の舌でかき混ぜていく。

「だ……め……んんっ……くふうっ……」

　これに対し、姫は最初抵抗する様な素振りを見せてきた。自分を抱き締める祐馬の手から逃れようとする様にもがいてくる。

　これに対し、祐馬は更に姫を抱き締める腕に力を込めていく。より強く姫を抱き寄せながら、これまで以上に深くまで舌を挿し込んでいった。

　ぐっちゅ……。ぬちゅるううっ……。ぐっちゅぐっちゅぐっちゅ……。

　イヤらしい音色が響いてしまうことも気にしない。口腔を貪る。グチャグチャにかき混ぜていく。自分の唾液を流し込み、姫の唾液を啜ったりした。

　自身でもしつこいと思うくらいに、執拗な口付けだった。

それ程深くキスをしたお陰だろうか？　やがて抵抗を諦めたらしく、姫の身体からは力が抜けていった。それどころか——

「ふむうっ……。むちゅるっ……。ちゅっちゅっちゅっ……んちゅううっ」

自分からも積極的に舌を蠢かせてくれる。挿し込んだ舌に舌を絡めつけてくるだけではなく、こちらの口腔にも舌先を挿し込んでくれたりしてくれた。

互いの口腔を遠慮なく貪り合う。ただそれだけの行為だと言うのに、発熱でもしているのではないかと言うほどに、全身が熱くなっていくのを感じた。

「ねぇ姫ちゃん」

チュプッと唇を離して姫を見つめる。

何をしたいかとは口にしない。

「……したく……なっちゃったの？」

それでも、姫は祐馬が何を求めているのかを理解してくれる。

「……うん。ゴメン」

「ううん……。気にしないで……。その……お……男の子がエッチだってことはあたし……分かってるからさ。でも……その……エッチまでしてる時間はないから……。だ……だからね……」

姫はそう言うと祐馬の手を取り、歩き始めた。

「あぅうう……通学路でこんなこと……死ぬほど恥ずかしいのに……」

などという言葉を呟きつつ、更に路地の裏へと入っていく。人が来ることなんてほぼないだろうという場所まで……。

「えっと……お、お口で……してあげるね」

顔を真っ赤にしつつ、その様な言葉を口にすると、祐馬の前にしゃがみ込み、ジイイッとズボンのジッパーを下ろしてくれた。下着もずらし、朝からこれ以上ないというくらいに勃起したペニスを剥き出しにしてくれる。

「すっごい大きい……。もう……祐くんのエッチ……」

とは言いつつも、今にも鼻が肉茎に付きそうな程の距離にまで顔を寄せてくれる。その上、はぁああああっという熱い吐息まで肉茎に吹きかけてくれた。

「くううっ」

制服姿の姫の前にペニスを晒す——というだけでも十分すぎるくらいの興奮を覚えてしまっていた祐馬は、ただそれだけでも射精してしまいそうな程の愉悦を覚え、思わずビクンッとペニスを震わせた。

「あ、これ……ピクピクって動いてる……可愛い……♥」

なんてことを口にしながら、そっと姫は肉棒に唇を寄せてくる。

でも、そこで一端姫は止まった。

「姫ちゃん？」

どうしたのだろうか？　首を捻ると、姫は顔を真っ赤にしながら「あたし……本当はエッチなことって苦手なんだからね」と口にしてきた。

「だけど……でも……その……祐くん……祐くんのことが好きだから……してあげる。あたしが祐くんのこと大好きだってこと……忘れないでよね」

改めて思いを伝えてくれた。

「分かってる。僕も同じ気持ちだよ」

姫の気持ちが本当に嬉しい。

歓喜に胸が満たされていく。堪らない程の喜びに包み込まれながら、祐馬はそっと自分の前に跪《ひざまず》く姫の頭を撫でた。

するとこれだけで幼馴染みはうっとりと瞳を細める。本当に気持ちがよさそうに……。まるで飼い主に褒められて喜ぶ子猫の様に見える姿だった。

そうして微笑みながら、姫は勃起したペニスに唇を寄せてくる。

「んっちゅ……」

柔らかな唇でキスをしてくれた。

もちろん、一回だけでは終わらない。

「ちゅっく……ちゅっちゅっちゅ……ふちゅっ……。むちゅうっ……」

二度、三度、四度と幾度も口付けしてくれる。

「あううう！　くふあっ！　うううっ」

ただ口唇を押しつけられただけでしかない。しかし、それだけの行為のはずなのに、腰が抜けそうになるほどの性感が全身を駆け抜けていくのを感じた。

「ふふ……祐くん気持ちよさそう」

祐馬が見せる反応に嬉しそうな表情を浮かべてくれる。

「もっと……もっと感じてね……むっちゅ……ふちゅうっ……ちゅれろっ……れろっれろっ……んれろぉ……」

口付けだけでは終わらない。当然の様に舌を伸ばし、祐馬のペニスを舐めてくれた。ねっとりと蛇の様に舌をくねらせながら、肉先を、裏筋を愛撫してくれる。

当然「んむうぅっ」とペニスを咥えるという行為だって……。

「あぁあ……あったかい」

姫の口腔に肉棒が包み込まれていく。生温かく、柔らかな口腔粘膜の感触に、自然と表情が愉悦に蕩けていった。

「んふっ……むちゅうっ……。ちゅっも……もちゅうっ！　もっもっもっもっ……」

じゅっぽ……。ぐじゅうっ……。じゅっぽじゅっぽじゅっぽ……。

そんなこちらの様子を上目遣いで確認しつつ、顔を前後に振り始める。口唇を窄めて幹を強く締めつけながら、口腔を使って肉棒全体を扱いてくれた。

「かんじれ……。あらひれ……きもひよくなっへ……。もじゅうっ……んじゅっぽ！　じゅぼぉっ……。もっじゅもっじゅもっじゅ……」

気持ちよくしたい。もっとペニスを感じさせたい。祐馬に沢山沢山快感を刻んであげたい――なんて感情が伝わってくるくらい、気持ちの籠もった口淫だった。

(姫ちゃん、凄く一生懸命だ)

愛撫もいいけれど、それ以上に姫の心が祐馬により強い性感を刻み込んでくれる。

「あああ……感じる……。姫ちゃん……。出る！　出るよ……こんなの我慢できない。出ちゃうよ」

当然の様に射精感が膨れ上がって来る。

「らひて……あたひのくひに……んじゅうっ……。ちゅもっ……もちゅううっ……んふー。んふー。んふぅううう……ゆ……祐くんのしぇーえき……らひて♥」

これを姫は受け入れてくれた。肉棒を咥えたまま、射精してとおねだりの様な言葉まで向けてくる。

「んっじゅっ……じゅずるるるぅ……」

言葉だけではなく、肉棒を啜るなどと言う行為まで……。

まるで精液を吸い出そうとしているかのようですらあった。

「ひ……姫ちゃんっ！」

理性が吹き飛ぶ。同時に、どうしようもないくらいに絶頂感が膨れ上がり――

「くふううっ！」

どびゅばっ！　ぶっびゅっ！　どっびゅどっびゅどっびゅ……どびゅるるるぅっ!!

祐馬は姫の口腔に向かって、我慢に我慢を重ねた際の放尿時にも似た快感と解放感と共に、多量の精液を撃ち放った。

「もっぷ!?　んもおおお！」

この射精に姫は一瞬驚いた様な表情を浮かべる。ただ、それでも、咥え込んだ肉棒を離そうとはしなかった。

「んぶううっ！　むっむっむぅううっ！」

ドクッドクッドクッという痙攣に合わせる様に、肢体を戦慄かせつつ、撃ち放った精液をすべて口腔で受け止めてくれる。

「姫ちゃん、好きだよ」

苦しいだろうに、射精を受け止めてくれている姫——その姿に愛おしさが募っていくのを感じつつ、最後の一滴まで精液を流し込み続けた。

「はっふ……んふううっ……ちゅぽんっ……。はぁっはぁっはぁっ……」

射精を終えた後、ジュボッとペニスを引き抜く。

「んふうう……た……たくひゃん……れたね♥」

流し込まれた精液を吐き出さないようにする為か、ちょっと上向き加減になりつつ、口元に笑みを浮かべてくれた。

「んっぎゅ……。ごきゅっごきゅっごきゅっ。んんんんっ……」

その上で姫は精液を飲んでくれる。

ゴクゴクと喉を上下させ、白濁液を喉奥に流し込んでくれた。

「んげほっ！　げほっげほっ……んっぐ……んんんんっ……」

精液が濃すぎたのだろうか？　何度も噎せる。それでも姫は吐き出さない。

「あっふ……はぁあああ……。ご……ごひほうしゃま……けぷっ……」

最後の一滴まで、精液を飲み干してくれた。

「はぁ……はぁ……はぁ……なんか……お腹たぷたぷする……。それになんか……苦いね。口の中……ちょっと気持ち悪い……」

僅かに精液臭い息を吐きながら、その様な言葉を口にしてくる。

「ゴメン……変なもの飲ませちゃって」

ちょっと申し訳なさを感じてしまい、謝った。

しかし、姫は微笑んでくれる。

「変なものなんかじゃないよ」

なんて言葉を口にしながら、口周りを汚す精液の残り汁を指で拭い取ると、これも「ふちゅううっ」と啜ってくれた。

「祐くんが出してくれたものだもん。変なものなんかじゃない。あたし……祐くんの……その……彼女なんだよ」

だからこれくらいして当然だ——とでも言いたげに、優しく微笑んでくれた。

彼女……。そう、彼女なのだ。姫が自分の……。

「姫ちゃん！」

ギュッと幼馴染みの――恋人の身体を抱き締める。

射精したばかりだと言うのに、熱い想いが膨れ上がる。抱きたい。姫を抱き締めたい。

口に出すくらいじゃ足りない。一つになりたい――どうしようもないくらいに、そんな感情が膨れ上がってきた。

「だ……駄目だよ祐くん……。学校あるんだから……これ以上は駄目……。その……えっとさ……それはまた……ほ……放課後に……ね♥」

耳元で囁いてくる。

その仕草はまるで小悪魔みたいだった。


そんなことを朝からしてしまうくらい、祐馬と姫は深い仲になっていた。

ただ、一応そういう関係になったことは周囲には内緒にしている。

「……その……は……話したいけど……まだちょっと恥ずかしいし……。だから、学校ではこれまでどおりにしてね」

と姫が言ったからだ。

恋人がそういうのだから仕方がない。姫が自分の彼女なんだと人に話したい気持ちもあったけれど、祐馬は彼女との仲を内緒にすることにした。

だけど、内緒にしているはずなのに――

「生徒会長……彼氏でもできたのかな？」

「ああ、分かる分かる。あたしもそう思う」

「やっぱり……だよねだよね！　そう思うよね!!」

姫と恋人関係になってから僅か数日で、そんな噂が学校内に流れ始めた。

表向きは女子だけではなく男子とも気さくに話す生徒会長のままである（と姫は思っている）。

なのに、異変に気付かれてしまっている。

「何かあたしに恋人ができたって噂が広まってるんだよね。どうしてだろう？　隠してるはずなのに……。う〜ん……」

その理由が姫には分からないらしい。う〜んう〜んと生徒会活動の最中、何度も首を捻って見せてきた。

「いや……まぁ、理由なんか明白だと思うけど」

そんな姫にそう伝える。

「明白って……祐くん……分かるの」

「うん」

はっきり言う。理由は祐馬ですら分かるくらいに明白だった。

「どういうこと？」

「どうってさ……その……例えば……」

数日前、こんなことがあった——。

＊

「ホラ見てくれよ鶴橋！　このキャラ……遂に脱がすことに成功したんだ！　めっちゃいいと思わないか？　特にこのおっぱい‼」

以前にも見た光景だが、クラスメートの男子がソシャゲをしていると思われるスマホ画面を姫へと見せつける。

「へ？　え？　あ……お……おおおお……おっぱい⁉」

刹那、姫は顔を真っ赤に染めた。慌てた様子で自分の胸元へと視線を移す。因みに、以前とは違い胸元のボタンはきっちりと留められていた。

「はぁあああ……」

それを確認し、ホッとしたように息を吐く。

「つ……鶴橋？」

想像していた反応とはあまりに違ったのだろう。男子は驚いた様な表情を浮かべた。

「へ？　あ……な……何でもないわよ……。そそそ……それで……お、おっぱ……えっと……おっぱ……いが……どうかしたわけ？」

おっぱいという単語を口にするだけで、誰の目から見ても明らかな程に動揺する。

「どうってその……なんつーか、結構ちんこに来る絵じゃないか？　って聞こうとしたんだけど」

それどころか――

「ち……ちんって……ちょっ！　へ……変な言葉使わないでよねっ‼」

などという言葉まで姫は口にしていた。

「え……へ……？」

これまで見たこともない姫の反応に、呆然とした表情を男子は浮かべる。

「えっと……その……お前……どうかしたのか？」

「どうかって……別にどうもしてないわよ。その……そういう恥ずかしい言葉はこれから禁止だからねっ‼」

そう語る姫の顔は、恥ずかしいという言葉を証明する様に真っ赤に染まっていた。

＊

「ね。前と姫ちゃん……全然違っちゃってるでしょ。多分、そういったところが噂の出所になってるんだと思うよ」

「う……た……確かに……。だけど、でも、仕方ないじゃない。あたしには祐くんって恋人がいるのに、お……おっぱいとか……お……ちんちん……とか、恥ずかしい言葉を口になんかしたくないもん」

胸元のボタンを留めているのも、きっと祐馬の為なのだろう。

「なんか……嬉しいかも……」

「あ……あうぅうっ……」

こちらの言葉によって、自分がどういった言葉を口にしたのか気付いたらしく、恥ずかしそうに姫は両手で顔を覆った。

「だ……だけど、それと恋人ができたってことに何の関係が？」

恥ずかしそうにしつつ、姫は首を傾げる。

「って、そういえばもしかして……」

ふと何かに気付いた様な表情を姫は浮かべた。

「どうしたの？」

「えっとね……その……ちょっと前のことなんだけど、後輩の女の子に恋の相談をされたの……その時……」

＊

「男子と仲良くなる方法が知りたい？」

「はい……。好きな男子がいるんですけど、どうやって仲良くなればいいか分からなくて……。そういうのって会長が詳しいって聞いたから」

「ああ、なるほど……。そういう時はね……。その……えっと……えっとね……」

「会長？　顔……真っ赤ですよ」

「なんでもない。なんでもないから……。その……ね。大事なのは……そう、気持ち……勇気を出して気持ちを伝えることよ」

「気持ちを伝える……ですか？」

「そう、変な小細工なんかしちゃ駄目。好きだっていう気持ちを伝えればそれでいいの。

そうすればきっと貴女の気持ちは伝わるはずだから……。だから、頑張って！　あたし……応援してるからっ‼」

＊

「祐くんとのことを思い出してそんなこと言っちゃったんだけど……。あれ、今考えてみれば前までのあたしらしくなかった様な気がする。なんか……その……こ……ここ……」

「――こ？」

一体何だろうか？

「……こ……い……。そう、その……恋する……乙女……み、みたいな……。って、やだ……恥ずかしい……」

シュッシュッシュッと頭から湯気が出そうなくらいに、姫は更に表情を羞恥の色で染めていった。

可愛い。堪らないくらいに……。我慢できないほどに……。

「好きだよ姫ちゃんっ‼」

膨れ上がった本能に逆らうことなんか不可能だった。

学校――生徒会室であっても気にしない。

姫を抱き締めると共に、ギシッとソファの上に押し倒した。

「ゆ……祐くん……駄目だよ……。学校だよ」

自分からエッチなことをしてきた以前の姿からは想像もできないくらいに、姫は恥ずかしがってくる。

「分かってる。だけど……でも……」

膨れ上がる想いを抑え込むことなんかできない――などということを伝える様に、口付けする。最初から舌を挿し込む深いキスを……。

「ねぇ……したい。したいよ」

グチュグチュと淫靡な音色を響かせるキスを続けた後、ツプッと口唇と口唇の間に唾液の糸を伸ばしながら、自分の素直な気持ちを恋人に伝えた。

「はぁ……はぁ……はぁ……もう……祐くん……本当にエッチなんだから……」

「う……そ、それに関しては返す言葉もない」

「ふふふ……でもね……」

こちらの言葉にちょっと口元に微笑みを浮かべつつ、そっと姫は両足を左右に開いてくれた。

「そ……そんなにさ……求めてもらえると……なんだかあたしも嬉しいよ。だから……は……恥ずかしいけど、いいよ」

足を開いたことでスカートが捲れる。ショーツが剥き出しになった。そのクロッチ部分は、しっとりと内側から濡れている。祐馬の想いに応えてくれるように……。

「ありがとう姫ちゃん……。その……それじゃあ……いくよ」

こんな姿を見せつけられてしまったらもう止まることなんかできない。ペニスが硬く、逞しく勃起していくのを感じつつ、そっとショーツを脱がせた。

幾重にも重なった肉襞が剥き出しになる。

「凄い濡れてる」

まだ何もしていないと言うのに、お漏らしでもしているんじゃないかというくらいに、媚肉の表面は女蜜に塗れていた。

「やだ……。言わないで……。なんか……学校でこんなの……凄くいけないことをしてるみたいだから」

「でも本当のことだよ。こんなに濡らすくらい、姫ちゃんも僕のこと欲しがってくれてるんだね」

「それはその……う……うん」

恥ずかしがりつつも否定することなく頷いてくれる。

それが本当に嬉しくて、更に肉棒が硬くなっていく。この状況だけでも精液が暴発してしまいそうな程に、興奮が高まっていくのを感じた。

「……もう挿入れたい」

まだ愛撫も何もしていない。けれど、我慢できそうになかった。

「いいよ。来て……。あたしも……その……ほ……ほし……欲しい……から……」

どうしようもないくらいに羞恥を感じているのだろう。声が震えている。ただ、それでもはっきりと求めてくれた。

本能が膨れ上がっていく。

ここが学校だと言うことは理解している。校内にはまだ生徒達も残っているだろうし、当然教師達だっているはずだ。もしかしたら見つかってしまうかも知れない。そんな場所でエッチなことをしてはいけないという理性だって残っている。

それでも止まることなどできなかった。

グチュッ……。

肉先を濡れそぼった膣口に添える。

「あんんっ」

途端に姫は愉悦の声を漏らし、同時に肢体を震わせた。分泌される愛液量が増す。ヒダヒダが蠢き、挿入して欲しい。奥まで突き込んで欲しい――と訴える様に、亀頭に絡み突いてきた。

「触っただけで出ちゃいそうなくらい……気持ちいいよ」

「だ……出すの？　いいよ。祐くんが出したいなら……」

「ありがとう。でも……まだだよ。気持ちよくなる時は一緒だよ」

自分だけ気持ちよくなっても嬉しくない。姫にも感じて欲しかった。達する時は二人一緒がいい。

などという想いのままに――

じゅっぷ！　ずぶううっ！　ぐじゅるるうぅ……。

「あっ！　んっく……はぁあああ……来た……は……挿入《はい》って……。んっんっ……挿入ってき……たぁあああ……♥」

祐馬は姫の蜜壺へとペニスを挿し込んだ。

初めてした時と同様に、膣壁がきつく肉棒を締めつけてくる。腰が抜けてしまいそうな程の性感と、挿入しただけで出してしまいそうなくらいの射精感が膨れ上がってくるのを感じた。

けれども祐馬は快感と絶頂感を抑え込み、より膣奥にまでペニスを突き込んでいく。

「あああ……ひ……ろげ……んっんっ……あたしの膣中……広げられてく……。んふううっ……大きい……祐くんのおちんちん……やっぱり……凄く……大きいよ……」

その言葉どおり、姫の蜜壺に対して祐馬の肉棒は、我ながらあまりに大きいように感じた。結合部は痛々しいくらいに拡張されている。

「大丈夫？　苦しくない？　痛かったりしない？」

「う……うん……。大丈夫……だよ……。あっあっ……い……痛くなんかないから……。ううん……それどころか……凄く……んふううっ……き……気持ちいい……。感じてる。あたし……祐くんのおちんちんで感じてるよ」

その言葉を証明する様に、キュッとただでさえ狭い肉壺が収縮して来た。こんなに感じているんだよ。こんなに求めちゃうくらいに気持ちよくなっているんだよ——とでも訴えるみたいに、肉棒全体をきつく締めつけて来る。

「ねぇ……祐くんは？　祐くんは気持ちいい？　あたしの……んっふ……はぁっはぁっはぁっ……な……膣中で……感じてる……？」

「うん。感じてるよ。最高に気持ちいい。溶けちゃいそうなくらいだよ」

「そっか……なんか嬉しい。ねぇ、もっと……もっと感じて。もっとあたしで気持ちよくなって」

　言葉だけで求めてくるだけじゃない。

　ぐっじゅ……ぬじゅううっ……。ぐっじゅぐっじゅぐっじゅっ……。

「んっふ……。はふぁあああっ……。あっあっあっ……んっひ……んふぅうう……」

　正常位で組み伏せられつつも腰を振ってくれる。

「いいよ。あああ……姫ちゃん……それ……いいっ！　感じる……。姫ちゃん……僕……感じるよ！　くうううっ‼」

　肉襞でペニス全体が擦り上げられていく。カリ首を何度も摩擦し、蜜壺全体が亀頭を啜ってきている様にも感じた。肉体すべてで射精を求めてきている様な感じがした。

　これほど求められて我慢することなどできるはずがない。

「いくよ……くうううっ！　動く……姫ちゃん……僕……動くよっ‼」

　膨れ上がる本能に祐馬は逆らわなかった。

　じゅっぷ！　ぬじゅううっ！　じゅっぷじゅっぷじゅっぷっ‼

「あああ！　う……ごき……始めた！　んっく……はふううっ！　あ……たる……。これ

「……んんっ！　あたしの奥に……当たるぅっ！　い……いいっ！　あっあっ……いいよ……。祐くん……これ……凄く……いいっ♥」

肉先で膣奥を叩く。子宮口をノックするみたいに、ズンズンズンッと亀頭を叩き付けた。この突き込みに合わせて可愛らしい声で姫は啼く。

眉根は切なげに歪み、唇は半開きになった。瞳の潤みが増していく。頬は紅潮し、しっとりとした汗まで溢れ出し始めた。

快感を証明する様に、結合部から溢れ出す愛液も糸を引く程濃厚なものに変わる。その為だろうか？　結合部から響くジュブジュブと言う音色も、より大きくなっていった。

視界に映る姫の表情。耳に届く姫の声。ペニスに感じる蜜壺の反応――それらすべてが祐馬を更に興奮させていく。

もっともっともっと――感じたい。感じさせたい。

止まることなく姫を求める心は大きくなっていった。

その想いのままに屹立で蜜壺をかき混ぜる。ギシッギシッギシッとソファが軋むほどの勢いで、幾度も幾度もペニスを叩き付けていった。

「あっあっあっあっあっ」

突き込みに合わせて断続的に姫は喘ぐ。

心地よさそうな嬌声を漏らしつつ、これ以上の挿入を求めるかのように、両足を祐馬の腰に絡み付けてきた。

これに応えるように、より深く繋がりあう。膣奥を亀頭で激しく圧迫する。

するとと子宮口がパクッと口を開き、肉先に吸い付いてきた。中に精液を注ぎ込んでと訴えるみたいに……。

「すっごい。吸い付いてくる。僕のに姫ちゃんが吸い付いてくるよ」

「やだ……そ……そんな恥ずかしいよ。そんなこといっちゃやだぁ」

「でも本当のことだよ。ほら……感じてるんでしょ？　こうされるのが気持ちいいんでしょ？」

恥ずかしいと言いつつも、締めつけを緩めてきたりはしない。それどころか寧ろ、祐馬の言葉を肯定するみたいに、こちらのピストンに合わせて腰をグラインドさせてくるなどという行為まで行ってきた。

「腰……動いてるよ」

「あああ……ち……がう……。これ……違うの……。やだ。違う……違うのに……。んんんん……動いちゃう……止められない……。駄目……駄目だよぉ……♥」

互いに互いを求め合うように、性器と性器を擦り合わせる。淫靡な交わりの音色が、生徒会室中を包み込んでいった。

このまま最後まで――最早後戻りができないほどに興奮が高まっていく。

「んんん！　祐くん……あっあっ……んんんんっ」

それは姫も同じらしく、羞恥に表情を歪めつつ、更に強く祐馬の身体を抱き締めてきた。

コツコツコツと廊下を歩く足音が聞こえてきたのは、ちょうどそんなタイミングのことである。

「え？　あ……だ……誰か……来る……」

足音はだんだんこちらに近づいてきた。

「ゆ……祐くんっ！」

焦る様な表情を姫は浮かべる。

「う……うんっ」

流石の祐馬もこれは不味いと思った。学校でこんなことをしてるなんて誰かにバレるわけにはいかない。慌てて腰を止める。

「はぁっはぁっはぁっ……」

余程緊張しているのだろうか？　姫の吐息はこれまで以上に荒いものに変わっていった。

足音は——生徒会室の前で止まる。

「う……嘘……」

呆然と姫は呟いた。

コンコンッととがノックされる。

返事はしない。というよりも、この状況でするわけにはいかなかった。

「ん？　留守か？」

外から声が聞こえてくる。

この声は――

「時子……」

生徒会副会長志嶋《しじま》時子のものだった。

「おかしいですね。この時間ならまだ仕事してると思ったんですが」

一人だけじゃない。もう一人いる。

こっちの声は生徒会書記鴎外《おうがい》三織《みおり》――通称みっちゃんのものだった。

「どこかに行ってるのか？」

なんて言葉と共に――ガタッとドアを響かせてきた。

どうやら生徒会室の引き戸を開けようとしたらしい。

「ひっ！」

思わずといった様子で小さく姫は声を漏らす。

が、ドアは開かなかった。

「む……鍵がかかっているぞ」

そういえばもしかしたらこういうことになるかも知れないと、仕事前に念の為ドアに鍵をかけたことを思い出す。

「よ……よかった……」

ホッと姫は息を吐いた。

ただ、それでもまだ緊張しているらしく、表情を強張らせている。

その顔は普段あまり見れないものだった。

(こういう姫ちゃんも可愛いな……)

なんだか新鮮な気がする。胸が高鳴るのを感じた。

そのせいだろうか？

「んっく……あんっ！」

ビクンッと挿入したままのペニスが震えてしまった。

途端に姫は激しく反応する。可愛らしい声を漏らし、キュッと肉壺を窄めてきた。

「だ……駄目よ……。今動かしちゃ駄目……」

流石に叱られてしまう。

「ゴメン」

反射的に謝る。

ただ、謝りつつも、なんだかこんな状況に妙な興奮を覚えてしまう。

そんな興奮に比例する様に、ビクッビクッビクッと肉棒が激しく脈動した。

「え？　あっ！　んっく……あっあっあっ……う……動いてる……。祐くん……これ……おちんちん……んんんっ……動いちゃってるよ……。駄目っていってるのに」

「分かってる。分かってるけどさ……」

緊張に身体を硬くしつつも、ペニスの鼓動に合わせて肢体を震わせ、熱感籠もった吐息を漏らす恋人の姿を見ていると、どうしても肉体の疼きを抑えられない自分がいた。

理性では駄目だと理解しつつも、本能を抑えることができない。

ぐっじゅ……ぬじゅっ……。ぐじゅるぅううっ……。

腰を動かす。廊下に副会長と書記がいることを理解しつつ、膨れ上がった亀頭で肉壺を擦り上げた。

「んっひ！　くふううっ‼」

途端にビクンッと姫は激しく肢体を震わせる。

声が出そうになってしまったのか、慌てた様子で口を両手で塞いだ。

「ちょっ――ゆ……祐くん……何を考えて……」

「分かってる。でも……ゴメン。無理だ」

ぐじゅるっ……。ぬじゅううっ！

一回腰を振ったくらいじゃ満足なんかできない。

謝罪の言葉を口にしつつ、更に腰を振る。それ程激しい動きではないけれど、ねっとりと、自分の存在を肉壺に刻みつけるように……。

「むっふ……。くふううっ！　だ……め……。今……んっふ……はふううっ！　今動いちゃ……駄目ぇええ……。きづ……かれちゃう……くっふ……んふううっ……。んっんっんっ！　と……きこ……達に気付かれちゃう……からぁあ……」

口元を押さえつつ、必死な様子で行為の中断を訴えてくる。

「大丈夫。姫ちゃんが声を抑えれば気付かれないよ」

聞く耳を持つ余裕なんかなかった。

「んんん！　こ……んな……くっふ！　んふううっ！　こんな……の……我慢……んっふ……むふぅっ！　ふうっふうっふうっ……我慢なんか……む……りぃいい」

擦り上げる。かき混ぜる。姫の肉壺を滅茶苦茶に蹂躙していく。

こちらの動きに合わせて肢体を震わせながら、姫は耐える。なんとか声を出すまいと我慢する様子を見せる。

顔を真っ赤にし、明らかに愉悦を覚えている表情を浮かべながらも、快感を我慢する大好きな幼馴染み——その姿に際限なく興奮は高まっていく。

「あああ……嘘……これ……お……大きく……くううっ……ふっぐ……むふぅうう……お……おきくなってる。あたしの膣中で祐くんのが……お……大きく……。やだ……広げられる。あたしの膣中……おちんちんで……広げられてく……んんん！」

自然と亀頭が膨張していく。結合部が更に大きく押し広げられ、内側から愛液が圧力で押し出されるように溢れ出した。

この膨張に合わせる様に、更に肉壺も窄まってくる。肉棒が食い千切られてしまうのではないか？　と思う程にきつい締めつけを感じた。

しかも、ただ締めつけてくるだけでは終わらない。

「馬鹿……祐くんの……ば……かぁあああ……」

などという言葉を吐きつつも——

ぐっじゅ……。ぬじゅるぅううっ！　ぐっじゅぐっじゅぐっじゅっ!!

「んっふ……むふうっ！　ふうっふうっふぅううう！　くっふ……んふううう！」

姫もこちらの動きに合わせて腰を振ってくる。ギッギッギッギッとリズミカルにソファを軋ませてきた。

「動いてるよ。姫ちゃんの腰、エッチに動いてる」

「言わないでよ。恥ずかしいから……」

「でも、本当のことだし」

「だって……あぁあぁ……だってぇええ……いい……。祐くんの……んっんっ……祐くんのおちんちん気持ちよすぎるんだもん。駄目なのに……声……出ちゃいそうなのに……我慢できないんだもん」

はぁはぁと荒い吐息を漏らしつつも、はっきりと快感を認めてくれる。その言葉や表情だけで、肉棒は今にも爆発してしまいそうなくらいに昂っていった。

どうしようもないくらいに射精衝動が膨張していく。その感覚に後押しされるように膣奥を突いた。子宮までも犯してしまいそうな程の勢いで、膣奥を幾度となく……。

「んんんん！　んっんっんんんん！」

ズンッと一突きすると、それだけでキュウッと膣を収縮させてくる。ズンズンズンッという突き込みに合わせて、キュッキュッキュッと肉棒を締めつけてきた。

快感に溶けそうになる。脳髄まで蕩けてしまいそうになる。

「出る！　出るよ！　姫ちゃん……もう抑えられない」

肉棒の感覚がなくなりそうな程の肉悦だった。ビクビクと肉茎が痙攣し、肉先秘裂がパクパクと開閉を繰り返す。

「だ……め……今……いま出され……たら……出ちゃう……。声……絶対……んっんっ……我慢……我慢できない……。イッちゃう……。出されたら……あたし……イッちゃうからぁ」

まだ外には二人がいる。

「どうする？　先生に鍵をもらってくるか？」

「……そこまで急ぎの用事でもないし、明日でもいいんじゃない？」

なんて話をしている。

声を出せば当然気付かれてしまうだろう。

それが不味いことは祐馬だって理解はしている。ただ、理性で理解していてもどうすることもできないのだ。本能を抑えられない。

ずっじゅ！　ぐじゅううっ！　ずっじゅずっじゅずっじゅずっじゅずっじゅっ！

「んんん！　は……げしい……。んっ！　んっ!!　んっ♥　んっ♥　んっ♥　んっ♥　んんんんっ♥」

突く。突く。突く。突く。突く。

これに対して姫も――

「もう……無理……。よすぎる。いけないのに……感じる。あ……たし……感じ……すぎちゃう。いいの！　よすぎるのぉ♥」

　無理だとか、いけないとか、駄目だとか口にしつつも、性感を認めてくれる。それどころか、祐馬の動きに合わせて腰を振ってまでくれた。もっと奥に挿入《い》れてくれと訴えるみたいに、ギュッと両足でこちらの腰を挟み込みながら……。

「くぅううっ！　出るっ!!」

　まるで全身で射精を求めてきているかの様な反応に、絶頂感が爆発してしまう。愉悦に表情を歪ませながら、全身を小刻みに戦慄かせた。それと同時により強く姫を抱き締める。更にその口を塞ぐように、キスをした。

　唇と唇を重ね合わせながら、ドビュッドビュッドビュッと白濁液を撃ち放つ。幼馴染みの肉壺に、濃厚すぎる牡汁を流し込んだ。

「むっふ！　んむっ！　むふぅううっ♥♥♥」

　刹那、姫も激しく肢体を痙攣させ、絶頂に至る。

　腕に、足に力を込めてこちらの身体を抱き締め返しながら、愉悦の吐息を漏らした。多分、キスをしていなかったら室内どころか、廊下にまで聞こえるほどの嬌声を漏らしていたであろう。

「んっんっ……んむぅっ！　むっじゅ……んじゅううっ♥」

　流し込まれる精液と共に刻みつけられる快感に溺れつつ、こちらの唇を強く吸ってくれる。性器だけではなく、全身で繋がりあおうとするかのように……。

そんな姫の肢体の柔らかさや体温を感じながら、最後の一滴までねっとりと絡み付く肉壺に精液を流し込み続けた。

身体中から力が抜けていく。このままこうして身体を重ね合わせたまま、瞳を閉じて眠ってしまいたい――とすら思える絶頂後の脱力感に溺れつつ、そっと祐馬は唇を離した。

「気持ちよかったよ姫ちゃん」

「うん……あたしも……はぁ……はぁ……凄く……よかった……♥」

うっとりと微笑んでくれる。

よかった。喜んでもらえたみたいだ。

ちょっとホッとした。

が、安心できたのは一瞬だけであり――

「でも……駄目って言ったのにこんなことするなんて……祐くんのエッチ！　変態っ!!」

結局怒られることに……。

「ゴメンね」

でも、そう言って謝りながらキスをすると――

「ば……馬鹿っ……あたし……こんなことで誤魔化されたりは……」

などということを口にしつつも、すぐに姫は「んっふ……んふぅうっ♥」気持ちよさそうに表情を蕩かせ、祐馬のキスを受け入れてくれた。

ただ、あまり長くキスしている時間はない。

「仕方ない。やっぱり職員室に鍵を取りに行こう」

「ですね」

という二人の言葉が外から聞こえてきた。

「や……やばいかも」

「うん……に、逃げようか」

慌てて二人で服装を整え、副会長と書記が戻ってくる前に生徒会室を脱出した。

＊

そんな風に我ながら姫とイチャイチャばかりしてるなぁという毎日の中のある日の夜、祐馬は姫の家の前にやって来ていた。

前日——

「その……明日の夜から明後日の夜まで……お父さんとお母さん……家を留守にするのよね。だからさ……その……も……もしよ……。もしよかったらなんだけど、祐くん……泊まりに来てくれない？　その……えっとね……祐くんってさ、一人暮らしでしょ？　こんなこと言っちゃ何だけど、あんまりいいもの食べてないでしょ？　だからさ……あたしの料理、食べてもらいたくて」

などと姫が誘ってくれたからである。

お泊まり。彼女の家に。しかも、手料理まで振る舞ってもらえる——家の前に立っているだけでも、ドキドキと胸が高鳴っていくのを感じる様な状況だった。

ゴクッと息を呑みながら、インターホンを押す。

「いらっしゃい。待ってたよ」

ガチャッとドアが開いた。

「え……ひ……姫ちゃん……？」

玄関から恋人が顔を出す。

その姿を見た途端、思わず祐馬は瞳を見開いた。

理由は簡単だ。姫の姿がいつもと違ったから……。

普段学校にいる時は結っている髪をほどいている。服装だって普段の制服とは違い、ちょっと清楚な感じがするワンピースだった。

一見すると結っていた髪をほどき、服装を変えただけでという変化でしかない。

でも、印象はまるで変わっている。髪の色こそ明るめなものだけれど、その立ち姿は七年前にタイムスリップしたみたいだった。

「ん？　どうかした？　も……もしかしてこの格好……似合ってない？」

慌てた様子で自分の服装を確かめる。

「そんなことない！　そんなことないよっ‼　似合ってる！　すっごく似合ってるよ！」

似合ってないはずがない。

力を込めてはっきりとそれを伝えた。

「へ？　あ……そう……あ……ありがとう」

真っ直ぐ瞳を見つめながらの言葉だったせいか、姫は顔を羞恥の色に染めていく。ただ、その表情はなんだか嬉しそうにも見えた。

(喜んでる。姫ちゃんが喜んでくれてる)

それが祐馬にとっても喜びになる。

自然と口元に笑みが浮かんだ。

「えっと……その……それじゃあ入って」

「うん、お邪魔します」

姫の家に上がる。姫の部屋に通される。

「その……掃除はしたんだけど汚くないかな？」

少し不安そうな表情を浮かべつつ、そんなことを尋ねてきた。

「汚くなんかないよ。すっごく綺麗。と言うか、部屋は昔と全然変わらないね」

幼い頃何度も訪れた姫の部屋を思い出す。

あの頃と同じくピンクを基調にした女の子らしい部屋だった。そこかしこにぬいぐるみが置かれており、本棚には少女小説や少女漫画が並んでいる。

(やっぱり姫ちゃん、昔と全然変わってないんだ)

改めてそう思った。

ただ、変わっていた点もある。

「これって」

ふとテーブルの上に置かれた雑誌を目に留めた。

「あ……そ……それはその……」

雑誌の存在を失念していたらしく、姫は恥ずかしそうな表情を浮かべつつそれを掴むと、慌てて棚の中に隠した。

とはいえ、バッチリ表紙などは見えてしまっている。

「いまのって……ギャル系の雑誌？」

「あ……その……えっと……う……うんっ……」

恥ずかしそうにしながらも、誤魔化せないと思ったらしく姫は頷いてくれた。

「そのさ……あの……分かんなかったの」

「分からなかった？　何が？」

「だからさ……祐くんが好みのタイプだって言った女の子にどうやってなればいいのかが……よ。だからネットとかでも調べたんだけど、それだけじゃ足りなくて……その……」

「雑誌も買い始めたってこと？」

そう尋ねると姫は無言でコクッと頷いてくれた。

「そっか……僕の為に」

嬉しい。胸が詰まるほどの喜びを覚える。

「ありがとうね。姫ちゃん」

わき上がる感情の赴くままに姫を抱き締め、囁く様に礼の言葉を口にした。

「あぅうう……」

やっぱり表情を羞恥の色に染める。ただ、そうして恥ずかしがりつつも、嬉しそうに祐馬の身体を抱き締め返してくれた。

伝わってくる。温かな体温が……。

「その……姫ちゃん」

まだこの家に着いたばかりである。だと言うのに、興奮が高まっていくのを感じた。したい。姫を抱きたい——欲望がムクムクと膨れ上がってくる。

「待って……それはその……夕飯の後でね」

しかし、お預けを食らうことになってしまった。

「その、あたしもしたい。だけど、祐くんにしっかり料理も食べてもらいたいから」

確かに食べたい。姫の手料理を……。

「うん。分かったよ。でもさ、その……一つお願いしていいかな？」

ただ、食べたいという気持ちと共に、エッチな姫を見たいという気持ちも、どうしようもないくらいに膨れ上がっていた。

その欲望に祐馬は逆らわない。と言うか、逆らうことなんかできなかった。

「お願い？」

「その……ちょっと思いついたんだけど………………って格好で料理してもらっても

いいかな？」

　ぼそぼそっと自分のお願いを姫に伝える。

「え？　な……ゆ……祐くんのエッチっ!!」

　怒られてしまった。

「駄目？」

「駄目って……そんなの……駄目に決まってるでしょ！　あ……あたし……本当はエッチなこと苦手なんだから！　そんなのできないわよ！」

「でもさ……その……見たいんだ。姫ちゃんのエッチな姿……。だから、お願い」

　無理強いをするつもりはない。それでも一応重ねて願う。これで駄目なら諦めようと想いながら……。

「お願いって……その……」

　これに対して姫は困った様に視線を泳がせた後――

「こ……これでいい？」

　裸にエプロンという姿でキッチンに立ってくれた。

　白い肌に赤いエプロンだけという姿。同年代の女の子達よりも遥かに大きな胸の横乳部分がはみ出して見える。ムチッとした太股や、キュッと引き締まった括れが絶妙にエプロンで隠されている様がとても淫靡な感じがした。

正面からだけでなく背後からも見る。

背中は剥き出しだ。うなじから肩甲骨、そして腰、ヒップに至るまですべてを見ることができる。膨れ上がったヒップが描く曲線を見ていると、それだけで股間がどうしようもないくらいに熱くなっていくのを感じた。

「あ……あんまりジロジロ見ないでよ。恥ずかしいんだから……。それにその……これから料理しなくちゃいけないのに、全然集中できない」

「ゴメンゴメン」

謝りつつも視線を逸らしたりはしない。キッチンに立つ姫の背後に座り、その姿をジッと見つめる。

「もう……祐くんってもしかして変態さんなの？」

「姫ちゃんに関することなら変態かも」

否定することなく認めてしまう。

「ば……馬鹿っ！」

また怒られてしまった。

けれど、そうして怒りつつもそれ程嫌がってはいない。それどころかどこか嬉しそうな色さえも浮かべつつ、姫はこちらから視線を外すと、料理の方に集中し始めた。

トントントンッとリズミカルに野菜を切っていく。それを手慣れた手つきで炒め、肉を投入する。どうやらカレーを作ってくれるつもりらしい。

(僕がカレー好きってこと覚えていてくれたんだ)

なんてことを考えつつ、誕生日のことを思い出す。

「僕の好きな料理は何でも覚えてくれてたんだ」

思わずそう呟くと、

「まぁね」

などと頷いてくれた。

その上で——

「その……いつか祐くんにこうやって食べさせてあげようと思ってたから……」

なんて言葉まで口にしてくれる。

(本当に姫ちゃん、ずっと僕のこと好きでいてくれたんだ)

改めて彼女の想いを知ることができた気がした。

それ程自分のことをずっと想っていてくれた子と、今こうして両想いになることができている。裸エプロンなんていうエッチな格好までしてもらえている——自分はなんて幸せものなのだろうか？

などということを考えながら、羞恥と喜びが入り交じった様な表情を浮かべて料理を続ける幼馴染みの背中を見つめ続けた。

染み一つないきめ細やかな肌が蠢いている。料理に合わせてヒップが揺れる様は、まるで祐馬を誘っているようにも見えた。

いや、もしかしたら本当に誘っているのかも知れない。

（濡れてる……。姫ちゃんのあそこ……もう濡れてる）

チラッチラッと時折幼馴染みの秘部が覗き見える。その表面はこの状況に興奮を覚えているのだろうか？　一目見ても分かるくらいに濡れていた。

（違う。ただ濡れてるだけじゃない）

呼吸でもしてるみたいに、クパックパッと開閉まで繰り返している。トロトロと涎みたいに溢れ出した愛液が、太股を伝って流れ落ちていく様まで、はっきりと視界に捉えることができた。

しかも、見えるのは秘部だけじゃない。肛門まで覗き見えている。人として最も恥ずかしい穴まで、剥き出しになっていた。こちらの穴も、まるで呼吸するみたいに蠢いている。

肛門回りの皺、その一本一本がゆっくりと動き、祐馬を誘っている様に見えた。

見つめているだけで、抑えがたい程に興奮が膨れ上がっていく。ズボンの中でペニスが今にも破裂してしまいそうなくらいに膨れ上がっていくのを感じた。

「……ゴメン。もう……我慢できないよ」

背後から姫を抱き締める。

「あっ！　だ……駄目……。祐くん……駄目だって……。まだ……料理の途中で……」

「分かってる。でも、もう後は火加減を見るだけでしょ？」

「それはそうだけど」

「我慢できないんだ。姫ちゃんだってしたいでしょ？」

「そ……そんなことは……」

首を振り、こちらの言葉を否定してくる。

「嘘はつかないで。ほら、こんなに濡れてる」

もちろん抱き締めただけでは終わらない。姫の下半身に手を伸ばす。張りのある尻を掌で撫で回しつつ、秘部に指先を添えた。

「んっふ」

ピクンッと幼馴染みは反応を示す。

そんな彼女の敏感部を弄ぶ。

ズプッと指を膣口に挿し込み、肉壺をかき混ぜた。膣壁を擦り上げ、少しコリッとした子宮口部分を指先でなぞっていく。いや、それだけでは終わらない。剥き出しになった尻の谷間を左右に開くと、窄まった肛門にまで指先を這わせた。

膣だけじゃない。姫のすべてが欲しい――そんな感情がわき上がってくる。

それに逆らうことなく、愛液に塗れた指を膣だけではなく肛門にまで挿し込んだ。

「ああっ！　そ……そこ違う！　違うよ祐くん！　あっふ！　んふううっ!!　駄目！　そこは……あああ……ち……がう……違う穴だから……駄目ぇえっ！」

などと言われても行為を中断したりなんかできない。

ずっぷ……じゅずぷうっ！　ずっぷずっぷずっぷ……。

直腸をかき混ぜる。粘液に塗れた指で肛門をほぐすみたいに……。

「あっふ……ほふううっ！　おっおっ……おんんっ」

この愛撫に少し獣の呻き声にも似た声を姫は漏らし始めた。普段とは違う喘ぎ声——それが更に興奮を高めていく。

指の蠢きに合わせて腸液が分泌され始める。ズプズプという淫靡な音色と共に、指を差し込んだ肉穴から溢れ出し始めた。

そうして肛門をほぐしつつ、時には尻を掌で揉みほぐす。指の動きに合わせてお尻がたわむ様が、なんだかとても淫靡なものに見えた。

「こっちでもしたい。姫ちゃんの全部が欲しいよ」

そうして責め立てつつ、耳元で囁く。

違う。呟くだけではなく、舌を伸ばし、耳たぶを舐め回したりもした。

「ふぅうう……おっふ……おっおっおっ……」

グチュグチュという舌の動きに合わせて、心地よさそうに表情を蕩かせる。

愛撫しているのは肛門だけれど快感を覚えているのだろうか？　姫は心地よさそうにガクガクと膝を震わせてきた。キッチン台に両肘を置き、上半身を支える。

「姫ちゃんのお尻、ほぐれてきたよ。グチュグチュになってる」

その状態で「はぁー。はぁー」と息を吐く姫の眼前に、肛門に挿し込んでいた指を抜き、見せつけた。

糸を引く程濃厚な愛液と腸液に指先は塗れている。

「あ……す……凄い……」

「でしょ？　こんなになるくらい、姫ちゃんのお尻……濡れてるんだ。いい？　姫ちゃんの全部をもらっても」

ニチャニチャと指に絡んだ粘液を弄びながら、そんな懇願をする。

「もう……ずるいよ……祐くん」

「ずるい？」

「だって……そんな言い方されたら……い……」

「い？」

「いいよって……言うしかないじゃない」

などという言葉を口にしつつ、祐馬の腰に瑞々しいヒップを自分から押しつけてきた。張りのある尻肉でシコシコとペニスを擦るように……。

「本当にいいんだね？」

「うん……」

「分かった。それじゃあ……行くね」

膨れ上がる欲望に逆らうことができない。

自分に対して腰を突き出した状態でキッチン台に身体を預ける姫の肛門に、すぐにでも射精してしまいそうなくらいに勃起した肉棒をグチュッと押しつける。

「んんっ！　ほふっ……はふぅううう……」

ただ肉先と肉花弁を密着させただけでしかない。

だと言うのに、幸せそうな吐息を姫は漏らす。先程指で肛門を弄りまわした時以上に肢体が打ち震えた。秘部からは愛液が溢れ出し、菊門が肉先に吸い付いてくる。

お尻でするのはこれが初めてだと言うのに、既に姫の肉体は自分を求めてくれているみたいだった。

「い……いいよ。来て……祐くん」

身体だけじゃない。言葉でも受け入れてくれる。

「……ああ、いくよ」

これに頷くと共に、肉棒に絡み付いてくる柔肉の心地いい感触に射精してしまいそうな程の肉悦を覚えつつ、腰を突き出していった。

じゅっぶ……じゅずぶううぅっ！　ぐっじゅ……。ぬじゅううっ……。

「おっふ！　おっ♥　おっおっ！　ほぉおおおおっ！」

肉壁を内側から肉棒で拡張していく。姫の直腸を自分の形に変えていく。内臓にペニスを刻みつけるように、腸奥にまで巨棒を挿し込んでいった。

「おっふ！　おぉあああ♥」

ドジュンッと膣奥を突いた瞬間、それだけで姫は激しく肢体を痙攣させた。キュウウウウッと腸壁を収縮させ、強くペニスを締めつけてくる。

「くおおおっ！」

精液を搾り取られてしまうんじゃないか？　と思う程の締めつけに、思わず声を漏らしてしまった。

「おっふ……ほぁあああ……挿入《はい》ってる……♥　祐くんのがあたしの……お尻……お尻なんかに……き……てるのが……んっんっ……分かる♥　はぁあああぁ……はぁー。はぁー。はぁああ……」

姫も同様に吐息を漏らす。心地よさそうに表情を歪ませ、身体中から甘く、噎せ返りそうな程濃厚な発情臭を含んだ汗を分泌させながら……。

それだけじゃない。

直腸自体もうねっていた。肉壁が痙攣しているのが分かる。

「もしかして姫ちゃん……イッたの？　挿入《い》れただけで？」

絶頂したとしか思えない反応だった。

「う……うん……。イッた……。あたしイッちゃった……。祐くんのおちんちん……挿入れられただけで……イッちゃった。お尻……これ……お尻なのに、祐くんのおちんちんだってお……もうと……凄く……気持ちよくて……あたし……イッた……。イッちゃったのおおお……おっおっ……♥　ゴメン……あたしだけ……ゴメンね」

「ゴメンなんて謝る必要ないよ。嬉しい。僕のでそんなに感じてくれて嬉しいよ」

初めてのアナルセックス。しかも、まだ挿入しただけでしかない。だと言うのに、それだけで達するほどに自分を求めてくれていたことに喜びを覚える。

もっと感じさせたい。もっと気持ちよくしてやりたい——そんな感情が止まることなく膨れ上がってくるのを感じた。

「もっと……もっと感じさせてあげる。もっとイカせてあげる。もっと、もっと！」

わき上がってきた感情に祐馬は逆らうことなく従う。

更なる快楽を刻み込む。より強い愉悦で姫を悶え狂わせる——などという想いのままに、膣以上にきつい締めつけを噛み締めながら、ゆっくりと腰を振り始めた。

「あああっ！　う……ごき……これ……動き始めた……。祐くんの……おちんちん……あたしのお尻のな……かで……動きだ……したぁああ！」

挿し込んでいた腰を引き抜いていく。

膨れ上がったカリ首でヒダヒダを引っかけ、外側に捲るように……。

「おんん……ほふううっ！」

姫が背中を打ち震わせる姿を見つめながら、肛門付近まで肉槍を抜いた。

その上で腰を小刻みに蠢かせる。入り口付近だけを、亀頭で擦り上げるように刺激した。

「おおおお！　さ……ける……お尻……。裂けちゃいそう！　なのに……おんっおんっ……な……のにぃいいい……。いいっ！　祐くん……いいよ……感じるよぉ」

腰の動きに合わせて肉花弁からは蜜が溢れ出す。同時に腸襞が蠢き、強く亀頭に絡み付いてきた。入り口だけでは足りない。奥まで欲しいと訴える様に……。

この求めに応じる様なタイミングで腰を打ち込む。

「おひぃいいいい♥♥♥」

ただそれだけで、再び姫は軽い絶頂に至った様だった。

「おっおっ……また……あたし……またイッた……またぁあああ……♥　んっふ……ほふぅうううう……はぁ……はぁ……はぁあああ……」

だらしなさを感じいさせるくらい表情を歪ませながら、愉悦の吐息を響かせる。このまま快感の中に沈んでしまいたい——とでも訴えているかの様な姿だった。

「まだまだだよ」

けれど、休む時間なんか与えない
肉棒が蕩けそうな程の快感に耐えつつ、更に腰を振る。

絶頂したことで痙攣している肉壁を、挿入時より一回りも二回りも大きくなった肉槍で、蹂躙する様にかき混ぜていく。

いや、それだけじゃない。ズブズブと尻を責めつつ、乳房を揉む。エプロンの上からたわわに実った柔肉に指を食い込ませると、捏ねくり回すように刺激を加えていった。

「んひぃい！　す……ごいっ！　おおお！　お尻と……おっぱい……よすぎる！　祐くん……これ、よすぎるよ！　イッてる！　あたし……イッて……んっく……おんんん！　イッてる……のに……イキながら……か……んじてる……。気持ちよくなっちゃってる！　んっふ！　おふうう！　おんっおんっおんっおんっおんっ♥」

肛門をかき混ぜるペニスと、乳房を揉みしだく掌の動きに合わせて姫は啼いた。家中に響く様な嬌声を漏らし、突き込みに合わせて狂った様に身悶える。聞いているだけで射精してしまいそうな程に艶やかな悲鳴だった。

「大きくなってる！　祐くんの……あたしのお尻で……ふ……くらんでる！　これ……んっふ……あっあっあっ！　で……そうなの？　祐くん……出しそうになって……るの？」

膨れ上がる射精衝動と共に、肉棒自体も膨張していく。

それに姫が気付いた。

パンパンパンパンッと腰と腰がぶつかり合うたびに、エプロンに隠された乳房を前後に揺らしつつ問いかけてくる。

「うん！　出そう。出そうだよ。まだ挿入れたばっかりだけど、姫ちゃんのお尻気持ちよすぎて耐えられない。出す……出しちゃうよ」

この問いに素直に応える。膨れ上がる絶頂感を姫へと正直に伝えた。

「そっか……いいよ……。出して……来てっ！　お願い……。流し込んで……、沢山……あたしのお尻に……おっおっおっ♥　祐くんの……祐くんの熱いの……ちょうだい♥」

これに対して幼馴染みは嬉しそうな表情を浮かべてくれる。同時に言葉だけではなく、こちらの動きに合わせて腰を淫靡に振ってもくれた。

膣奥を肉槍で叩くたび、蜜壺全体が収縮してペニスを締めつけてくる。腸壁を震わせながら肉先に吸い付けてくる。姫の身体そのものが射精を求めている様だった。

「姫ちゃん！　出すっ！　出すよっ‼」

視界が明滅する。思考までも蕩けてしまいそうな肉悦を覚えながら、ひたすら腰を打ち付けて打ち付けて、打ち付けた。

「くおおおっ！」

呻き声の様な声を漏らすと共に、内臓がへしゃげてしまうのではないか？　と思う程奥にまでペニスを突き込む。

そして、多量の白濁液を撃ち放つ。

ぶびゅばっ！　どっびゅっ！　びゅっびゅっびゅっ！　どびゅばっ！　ぶっびゅるるるるるるぅううっ！

「おっひ！　ほひぃいいい！　き……た！　おおお……お尻に……来たぁあ！　熱いの……ドビュドビュって！　す……ごいっ！　イクッ♥　あたし……いくっ！　イクイク——また……いくのぉおおお♥♥♥」

肉茎の脈動に合わせる様に、姫は肢体を震わせた。

愉悦に表情を蕩かせていく。半開きにした口からは、唾液が零れ落ちていった。眦《まなじり》からはポロポロと涙まで零す。

「あああ……好き……♥　祐くん……だいしゅきぃいいい……♥」

そうして肉悦に打ち震えつつ、顔をこちらへと向け、素直な想いを伝えてくれた。

「僕もだよ姫ちゃん」

想いを伝え合うのは何度目だろうか？

分からない。分からないほどに「好き」という言葉は、何度も何度も互いに口にしてきたものだった。

それでも、それを聞くたびに胸が高鳴る。更に好きだという気持ちが大きくなっていく。

その想いのままに、立ちバック状態で繋がりあったまま、祐馬は姫にキスをした。

「ぐっちゅ……ぬちゅるううっ……。ぐっちゅぐっちゅぐっちゅ……」

唾液と唾液を交換する。体液と体液を混ぜ合わせる。

どこまでも淫靡に、互いの唇を貪り合った。

「でも……初めてのお尻でこんなに乱れちゃうなんて、姫ちゃん、本当にビッチの素質があったんじゃない？」

ツプッと唇を離しつつそう告げる。

「え？　あ……ば……馬鹿ぁっ！　ビッチじゃない。あたし……ビッチなんかじゃないもん！　悪いのは祐くん！　祐くんがエッチすぎるのが悪いんだからぁ」

顔を真っ赤にしながら抗議してくる姿も、本当に愛らしかった。

二人の幸せな時間は続いていく……。

終章　僕だけのビッチ生徒会長

「なんでこうなるかな。よりにもよってこんな」

大好きだった幼馴染みと恋人同士になってから一ヶ月——この日、姫はとても困った様な表情を浮かべていた。

姫が困っている理由は、彼女の前に置かれた一枚の衣装にあった。胸だけを隠すまるでブラみたいな上着に、お尻周りだけを辛うじて包み込めそうなホットパンツという一目見ただけでもエッチな雰囲気を感じてしまう衣装に……。

まるで水着みたいな服である。身に着けたところで胸の谷間や腰の括れは当然の様に剥き出しになってしまうだろう。姫のお尻は乳房と同じでかなり大きな方なので、はみ出してしまう可能性だってある。

「こんな服着れないよ」

「前は際どい水着とか着てたじゃん」

「……あ……あれはその、祐くんにあたしを見てもらう為だったわけで……。その……もうあたし達って恋人同士でしょ？　だからもうこんな格好する必要ないの。ビッチとかって言われてた時とは違うんだから。祐くん以外にあたしの肌、見せたくない。祐くんは自分以外にあたしの身体見られちゃってもいいの？」

「イヤだよ！」

即答した。

大好きな姫のエッチな姿を見られるのは自分だけでいい。他の人になんか絶対に見せたくはなかった。

「そっか……ふふっ……」

嬉しそうに姫は笑ってくれる。

「だったらこの衣装、断ればいいんじゃない？」

「そうなんだけど、これって時子の手作りなんだよね。今日の大会の為に用意してくれた……。だからさ、流石に断るってのも悪い気がして」

「なるほどね」

今日の大会というのは、学区内対抗キングオブ生徒会長グランプリのことである。

神前院周辺の学区内にある学校すべての生徒会長の中で最も優れた生徒会長を決めるという大会だ。話によるとこの大会は学区内の学校同士の交流を深める為に三〇年前から始まったものらしい。開始当初はそれ程大きなものではなかったようなのだけれど、年々その規模は拡大していき、今ではこの学区内で行われる行事としては最も大きなものになっているということだった。

現在祐馬は姫と共に、その控え室にいるのである。

主催がどこなのかはよく分からないが、一校につき一つの控え室というのはなかなか豪気な気がした。

「伝統ある大会でしょ？　この大会の為に、時子はずっとこれを作ってくれていたの。その想いは無駄にしたくない」

自分よりもまず人の為に――姫はそういう人間だ。

「そっか……そうだよね。僕……姫ちゃんのそういうところ好きだよ」

素直に気持ちを口にする。

「へ？　あ……え……その……」

何度も何度も伝えてきた好きという言葉――でも、姫は未だに慣れていないらしく、顔を凄い勢いで紅潮させていく。

「もう……祐くんの馬鹿……。いきなりそんな恥ずかしいこと言わないでよ」

なんて抗議の言葉まで口にしてきた。

でも、その顔を見れば分かる。

姫はとても嬉しそうだった。

抱き締めたくなる。姫の体温を感じたくなる。姫の自分だけに見せてくれるエッチな姿を見たくなってくる。

人に姫の肌を見せたくはない。でも、多くの人に姫の魅力を知ってもらいたいという気持ちもあった。こんなエッチで可愛い女の子が自分の彼女なんだって……。

「ねぇ姫ちゃん、その服……着て見せてよ。それで出るかどうかはそこから考えればいいじゃん」

「そうかも知れないけど……だけど……」

「お願い」

迷う姫に重ねてお願いする。

「分かったわよ。だからその……ちょっと部屋から出てて……。着替えるから」

この願いに姫は応えてくれた。衣装を着る気になってくれたらしい。

「……着替えるとこ見せて……」

でも、姫の言葉には従わない。

ただエッチな衣装を着ている姿だけではなく、それに着替える姫の姿も見たいと思ったから……。

「着替えるとこってそんなの……」

「駄目？」

再びジッと見つめる。

この視線に姫はしばらく迷う様な表情を浮かべた後「もう……仕方ないんだから」と呟きつつも「き……今日だけ特別なんだからね！」と受け入れてくれた。

「ううう……祐くんがこんなに変態さんになっちゃうなんて。七年前のあたしに教えてあげたいわ」

ブツブツとそんな文句を言いつつも、身に着けていた制服のボタンに手をかけ、一つ一つ外してくれる。

白い肌が剥き出しになっていく。豊かな乳房と、それを隠す黄色いブラジャーまで露わになる。

もう何度も見て、何度も繋がりあってきた身体だ。それでも、染み一つないきめ細かな肌や、今にも下着を弾き飛ばしてしまいそうな程に張りのある大きな乳房は、やっぱり綺麗で見惚れてしまう。

「恥ずかしいからそんなに見ないでよ」

「ごめん。そう言われても無理だよ。姫ちゃんの身体……凄く魅力的だから」

「ば……馬鹿ぁ」

そう呟きつつも、姫は止まらない。恥ずかしがりながらも、祐馬の為に上着だけではなく、スカートも下ろしてくれた。

ブラジャーと同じく黄色いショーツが剥き出しになる。今にも秘裂が覗き見えてしまいそうなくらいローレグなショーツが……。

「姫ちゃんってホントエッチな下着穿いてるよね」

プクッと少し膨らんだクロッチ部分の艶めかしさに興奮を覚えつつ呟く。

「あんまり見ないでよ。あたしだってその……本当はこんなエッチな下着穿きたくないわよ。だけどさ、その……祐くんの為にってこういう下着ばっかりしか買ってこなかったから他に持ってないの。お小遣いだってそんなにあるわけじゃないんだし」

慌てた様子で胸元と秘部を手で隠す。ただ、その姿勢がまたイヤらしくて、自然と肉棒が大きくなっていくのを感じた。

「大きくしすぎ」

特別隠していないので、ズボンの膨らみに気付かれてしまう。

「姫ちゃんがエッチだから仕方ないよ」

「うう……もうっ……」

などと口にしつつ、プクッと頬を膨らませてきながらも、その表情は心なし喜んでいる様にも見えた。

そんな状態でホットパンツを手に取り、穿く。更には上着も――

「って……これ……下着つけたままじゃ駄目だ」

上着を見てちょっと困った様な表情を浮かべる。後、チラッとこちらを見つめてきた。

何かを迷う様な素振りを見せる。

そのまましばらく逡巡し――

「……祐くんの為じゃなかったら……絶対こんなことしないんだからね」

ゆっくりとブラを外した。

祐馬の前で瑞々しい乳房を晒し、上着を身に着けた。

「ああ……やっぱり凄くこの格好……エッチだ……」

衣装に着替えた姫の顔は、これまで以上に赤く染まっていく。

エッチだ——その言葉どおり、確かに身に着けた衣装は実にイヤらしいものだった。

胸の谷間は剥き出し。当然の様に括れもさらけ出されている。最初に予想したとおり、お尻の肉もホットパンツからはみ出してしまっていた。いや、お尻だけじゃない。上着に入りきらない下乳まで見えている。男が見たら一発で興奮すること間違いなしの扇情的な格好だった。

見ているだけでドキドキと心臓が高鳴る様な淫靡な格好。燃え上がりそうな程に全身が火照り、下腹部がより疼き出すのを感じつつ、祐馬は恋人の肢体をジッと見つめた。

「あんまり見ないで」

「そんなこと言われても無理だよ。凄く似合ってるから」

「似合うって、こんなの似合っても嬉しくないよ」

「可愛いし、綺麗だよ」

「また恥ずかしいこと……」

耐えがたいほどの羞恥を感じているのだろうか？　俯き、モジモジと太股同士を擦り合わせる。

その姿を見てピンときた。

「もしかして姫ちゃん……興奮してるの？」

着替え姿を、扇情的な格好を、自分に見せたことで欲情しているように見える。

「は？　ば……ばばば……馬鹿なこと言わないでよ。そんなことないから……。た……ただ着替えただけで興奮なんて……」

　慌てた様子で首を左右に振り、祐馬の言葉を否定してくる。

　けれど、その視線は動揺を覚えているのだろうか？　落ち着きなく泳いでた。

「嘘ついたって無駄だよ。僕は姫ちゃんの恋人なんだ、それに幼馴染みでもある。姫ちゃんのことならなんだって分かるよ」

「違うわよ！　間違い！　それはハズレっ!!」

　それでも姫は否定してくる。

「そう……ハズレか……。だったらさ、見せてもらってもいい？　興奮してないって証拠を僕に見せてよ」

「しょ……証拠？　どうやって？」

「どうって……そうだな。よし！　あのさ、テーブルの上で四つん這いになって、僕にお尻を突き出して見せてよ」

　姫の耳元でしてもらいたいことを囁く。

「はぁ!?　む……無理よ！　そんなの無理!!　そんな恥ずかしい格好できるわけ……」

「お願い」

　重ねて頼む。

　すると姫は「ううっ」と困った様な声を漏らした後、

「誰も来ないわよね？」

そう呟いた。

「大丈夫。順番が来るまで時子さん達は会場の方にいってるから。姫ちゃんの順番までまだ三〇分以上あるし、ドアには鍵もしてあるよ」

「……だ……誰か来たらすぐ終わりにするからね」

「分かってる」

頷きつつ、ニッコリ笑った。

「……むうう、胡散《うさん》臭い笑顔……」

などということを口にしながらも、ギシッと長テーブルの上に乗ってくれる。足場が不安定なのか、少しおどおどする様な表情を浮かべつつ、祐馬に対してお尻を突き出す様な体勢を取ってくれた。

尻が眼前に突き出される。

姫はとても胸が大きな女の子だ。だから大抵の人は乳房に視線が行ってしまう。大体、普段はスカートを穿いているせいで、お尻の形はよく分からない。それでも、こうして直に突き出されると、その大きさや形のよさがよく分かった。

ただでさえむしゃぶりつきたくなるほど美しい曲線を描いている尻——その魅力が小さなホットパンツによって、二倍にも三倍にも増幅している様な気がする。思わずゴクッと息を呑んでしまう程に……。

見ているだけでは我慢ができない。そっとホットパンツに手を伸ばし、生地の上からではあるけれど、掌でヒップを揉んだ。

「あんっ」

　それだけで甘い吐息を姫は漏らす。

「その声……興奮する」

「やだ……そんなこと言わないで……って、そんなことより、何してるのよ？」

「なにって……姫ちゃんが興奮してないかのチェックだよ」

　誰かが来るかも知れない場所。こんなところで姫にイヤらしいことをする。少し前までの自分だったら考えられない様な行為だった。

　それでも、止まることなんかできない。一回揉むだけでは満足せず、更に尻の感触を掌で確かめる。捏ねくり回すように指を蠢かせ、弾力性のあるヒップに食い込ませていった。

「んんんっ……あっ！　あっあっあっ！　んふぅううっ……」

　別に秘部を責めているわけではない。あくまでも臀部のみに対する愛撫だった。

　それでも、明らかに愉悦の色を伴った嬌声を姫は漏らし始める。指の動きに合わせてビクッビクッと肢体を震わせながら、可愛らしい声で啼いてくれた。

「お尻を揉んでるだけなのにすごく気持ちよさそうだね。やっぱり興奮してる」

「違う……違うよっ」

「違わないよ。その証拠に……ほら……」

　穿いたばかりのホットパンツを容赦なく横にずらす。同時にショーツまで……。

肉花弁が剥き出しになった。

グショグショに濡れた花弁が……。

「ほら……凄く濡れてる。興奮してるからでしょ？」

「馬鹿……いじわる」

「ゴメンゴメン。でもさ……濡れてるあそこ……すっごく綺麗だよ。もっともっと……気持ちよくしてあげるね」

言葉と共に秘裂に手を添えると、これを左右に開いた。

クパアッと淫らな花が咲く。ムワッとした甘ったるい匂いまで……。

そんな匂いを嗅ぎながら、秘部に顔を寄せると——

ぐっちゅ……。ちゅろおおっ……。

「んっく！　あああっ！　んひんっ！」

花弁に舌を添え、ヒダヒダを舐めた。

途端にビクンッと姫は条件反射の様に肢体を震わせる。甘い声を漏らしながら……。

ドロッと水がわき出るように愛液が肉穴から溢れ出す。性感を覚えていることは明らかだった。

だから更に舌を蠢かせる。一舐めで終わるつもりなんかさらさらなかった。水を飲む犬猫のようにピチャピチャと舌を蠢かせて淫らな泉を舐め回す。

「そんな……んんん！　そんなとこ……汚い……。あっあっ……汚いから……駄目だよ…

…。祐くん……あああ……いやぁあああ」

この愛撫に対し、その様な言葉を姫は口にしてきた。

ただ、駄目だとかイヤだとか口にしつつも、まるでもっとしてくれと訴えるみたいに腰を強く押しつけてくる。

だから祐馬は愛撫を中断したりはせず、ひたすら肉襞を舐め続けた。時には膣口に舌を挿し込み、時には舌で陰核を転がすという行為まで……。

そのお陰だろうか？

「んんん！　あっふ……あああ……。恥ずかしい……。そんなとこ……舐められるの……は……ずかしいのに……これ……いいっ♥　いいよ……祐くん……いいっ」

しばらく愛撫を続けていると、すぐに姫は素直に快感を口にしてきた。

「こんなの……長く……保たない……。こんな……こんな場所なのに……すぐ……あ……あたし……イッちゃう」

それどころか絶頂まで訴えてくる。

「いいよ姫ちゃん……イッて。僕にイクところを見せて」

イかせたい。最高の快楽を与えてあげたい――素直にそう思った。

舌を更にくねらせる。舌だけではなく唇も押しつけると、ジュルジュルと卑猥な音色を奏でる様に淫部を激しく啜ったりもした。舌先で強くクリトリスを押し込む。

「んんん！　駄目！　いくっ！　あたし……もうっ！　あっあっ――んぁああ♥♥」

刹那、電流でも流されたかのように肉体を戦慄かせると、背中をエビの様に反らしつつ、姫は絶頂に至った。

見ているだけで射精してしまいそうなくらいイヤらしい蕩け顔を晒しつつ、肢体の震えに合わせてガタガタとテーブルを揺らしながら……。

「あっふ……はぁあああぁ……♥」

うっとりとした吐息が響く。

「気持ちよかった？」

「う……うん……。凄く……よかった。祐くん……気持ちよかったよ」

太股まで溢れ出す愛液で濡らしながら、素直に快感を訴えてくれた。

「でも……でもね……」

が、ただ気持ちいいだけではないらしく、縋《すが》る様な視線を向けてくる。

「どうしたの？」

「あたし……足りない。気持ちよかったけど……ううん……気持ちよかったから……疼いちゃう。あそこ……ジンジンしちゃうの……。だから……その……」

おねだりするみたいな視線を向けてくる。

「欲しいの？」

そうストレートに問うと、姫はコクッと頷いてくれた。

「まだ……じ……時間あるでしょ？　だからその……はぁ……はぁ……はぁ……」

エッチな格好をした恋人が求めてくれている。ペニスが欲しいと訴えてくれている。

その姿を見るだけで、達してしまいそうなくらい興奮が高まっていくのを感じた。

この求めに応じてやりたい。思いっきり姫の肉壷を犯したい――そんな感情が膨れ上がってくる。

ただ、同時に、もっと見たい。もっとエッチな姫を見たい――などという欲望までムクムクと鎌首をもたげてきた。

「そっか……欲しいか。だったらさ……また前みたいにして」

「前みたい？」

こちらの言葉の意味が分からなかったのか、小首を傾げてくる。

「その……ほら、恋人になる前、僕に自分からエッチなことをしてきた時みたいな……ビッチな姿を見せてよ」

「え？　なんでそんな」

「何かその格好凄くエッチだからさ。ああいう姫ちゃんもいいなって思って」

「あんなこと……も……もうできないわよ！　あたし……本当はエッチな子なんかじゃないって何度もいってるでしょ？」

「だったらお預けだけどそれでいいの？」

「そ……それは……」

困った様な表情を浮かべる。その顔は今にも泣き出しそうにさえ見えるものだった。

その状態でしばらく姫は黙り込み――やがて「もう……本当にイジワルなんだから」などという言葉を呟きつつ、テーブルから降りると、祐馬と向き合う様な体勢を取ってきた。

「……こんなこと……祐くんだからするんだからね」

一言呟くと共に顔を寄せ、チュッとキスをしてくる。ただのキスだけではない。

「んっむ……もむうっ！　むっじゅ……んじゅうっ！　ぐっちゅ……ふじゅうっ……。くちゅるっ……んっちゅ……むちゅるるるぅ……」

舌を挿し込んでくる。グチュグチュと祐馬の口腔を貪りながら、こちらの身体を置かれていたパイプイスに座らせてきた。

その上でより激しく舌を蠢かせてくる。まるでそこだけ別の生き物の様に舌をくねらせながら、こちらの口腔を滅茶苦茶にかき混ぜてきた。舌に舌が絡み付く。ジュルジュルと卑猥な音色を奏でながら、唾液を啜り上げてくる。そのキスの激しさに、ギッギッとパイプイスが激しく軋んだ。

初めてこうしてキスをした時もそうだったけれど、ただ舌と舌を絡み付かせるというだけの行為のはずなのに、思考が麻痺してしまいそうな程の心地よさを感じた。

「く……ううううっ」

自然と声を漏らし、腰を跳ねるように震わせてしまう。ズボンの中で更に肉棒が大きくなっていくのを感じた。

「はぁあああ……。んふふ……凄く……お……大きくなってるよ♪」

唇を離すと共に、まだぎこちなさはあるものの、ちょっと楽しそうな表情を浮かべつつ、ズボンの上から肉棒に手を添えてきた。

もちろん触れるだけでは終わらない。そのまま擦り上げてくる。ゆったりとした手つきで、肉棒をシコシコと撫で回してきた。

「どう？　気持ちいい？」

こうして肉棒を姫に撫で回されるのは一体何度目だろうか？　分からない。もう数え切れないほどこういう行為をしてもらっている。

だからこそ気付く。初めてした時――してもらった時は、本当にぎこちない手つきだったんだなということに。本当にあの時姫は、自分を喜ばせようと一生懸命だったんだなと改めて認識する。

そこまで想ってもらえていたことが嬉しい。この世で自分以上に幸せな人間はいないんじゃないか？　とさえ思える程に……。

そんな強い喜びが快感に変わっていく。まだズボンの上から撫でられているだけでしかない。それなのに、暴発してしまいそうなくらいの射精衝動がわき上がってくる。

「凄く震えてる。ズボンの上からでも分かるくらい。出そうなの？　もしかして祐くん……まだ擦ってるだけなのに、射精しそうなくらい感じちゃってるの？」

「それは……その……」

祐馬にだってプライドはある。

ちょっと刺激されただけで達しそうになっている——などとは答えられない。

が、誤魔化したところで姫には気付かれてしまう。

「やっぱり出そうなんだ」

再会した時の様な小悪魔みたいな笑みを浮かべて見せてきた。

「ちょっと撫でただけなのに出そうに……ふふ、何か色々あたしにしてきたのに、祐くんも案外チョロいんだね」

「ちょ……ちょろっ——」

流石に聞き捨てならない言葉である。

「そ……そんなことないよ！　別にで……出そうになんかなってないし」

だから慌てて強がって見せる。

「本当かな？　これでも？　こんな風にされても？」

祐馬が感じていると言うことで自信を持ったのだろうか？　戸惑いやぎこちなさの様なものを消し、肉棒に対して更に愛撫を行ってくる。

どこをどう弄ればこちらが感じるのか？　それを観察する様な表情を浮かべつつ、シコシコと肉棒を幾度も幾度も擦り上げてきた。

しかも、ズボンの上から刺激してくるだけでは終わらない。カチャカチャとベルトを外し、ズボンを器用に脱がせてきたかと思うと、当然の様に下着も下ろしてきた。

ビョンッと跳ねるようにペニスが剥き出しになる。

「いつもより大きくなってるみたいに見えるよ。おちんちんの先からも汁が溢れ出してきてる。やっぱりイキそうなんじゃない？」

「ち……ちがっ――くううっ」

否定の言葉を口にしようとした途端、ギュッとペニスを直接握られてしまう。思わず呻く様な声を漏らし、ペニスだけでなく全身をビクビクと震わせた。

「何が違うの？　ほら……ほら♪」

祐馬が感じる姿に喜びを覚えているらしく、エッチな行為に対する躊躇いみたいなものがなくなっていく。

それどころかどこか楽しそうな表情さえ浮かべつつ、掌が先走り汁に塗れることも厭わずに何度も何度も肉棒を擦り上げてきた。

ぐっじゅぐっじゅぐっじゅっ――。

粘液に塗れた掌が敏感部を刺激してくる。生温かな掌で肉茎を撫でられると、それだけで背筋がゾクゾクとしてしまう。精液を吐き出したい。撃ち放ちたい――とでも訴えるみたいに、尿道口がパクパクと蠢いた。

「すっごく反応してる。ねぇ……もっと気持ちいいことして欲しい？」

肉棒の反応を確認しつつ、そんなことを尋ねてくる。

「それは……その……」

なんだかこのまま姫の言うがままになるのも癪《しゃく》だった。ほんの少し前までは、自分が主導権を握っていたのに、あっさり逆転されてしまう様な気がして、認めたくない。

でも、そんなプライド以上に――

「うん……して欲しい」

姫にエッチなことをして欲しいという気持ちが勝り、気がつけば祐馬は頷いていた。

「祐くん素直だね。それじゃあ……こんなのは……どう？」

ちょっと姫は考える様な素振りを見せた後、祐馬の前にしゃがみ込んできた。フェラチオでもしてくれるのだろうか？　なんてことを考える。

でも、それはハズレだった。

姫がしてくれたのはフェラチオではなく――

「んっく……くううっ」

パイズリだった。

胸元を隠す衣装は身に着けたまま、深く、温かい胸の谷間で肉槍を挟み込んでくれる。

「あああ！　す……凄いっ!!」

柔らかな肉の海の中にペニスが沈み込んでいく様な感覚に、思わず愉悦の声を漏らしてしまった。

蜜壺や肛門の精液を搾り出そうとしてくる様なきつい感覚とは違う。伝わってくるものは、柔らかく、絡み付いてくる様な感触だった。

「祐くん気持ちよさそう。おちんちんも……ふふ、すっごい跳ねてるよ。あたしのおっぱいの中で……♥　まだ挟んだだけなのに、気持ちいいの？　あたしのおっぱいで感じてるの？」

肉棒を挟み込んだまま、上目遣いで尋ねてくる。

「ああ……いいよ。気持ちいい」

否定することなんかできなかった。素直に性感を口にする。

「そっか……ふふ……。何か嬉しい。もっと……もっと気持ちよくしてあげるね♥　確か、その……男の子ってこういうのが気持ちいいんでしょ？」

エッチな女の子になろうとしていた頃に勉強したのだろうか？　ただ挟み込むだけではなく、上半身をくねらせてくる。自分の乳房に両手を添え、強くペニスを左右から圧迫しながら、ぐっじゅぐっじゅぐっじゅと乳房全体を使って肉槍を扱き上げてきた。

しかも、視覚でも興奮を誘おうとしているのか、胸元の衣装を捲り上げ、張りのある乳房を剥き出しにして見せてくる。豊かな乳房にペニスが沈み込む様が実に淫靡に見えた。

「うくうう！　溶けちゃう。これ……僕のが溶けちゃいそうだよ。こんなの……くぁああ！が……我慢なんかできないよ」

この世で一番大切な恋人の胸でペニスを挟み込まれる――はっきり言ってそれだけでも射精してしまいそうな程の興奮を覚える状況である。なのに、それだけでは終わらず、肉棒を激しく扱き上げられもする。耐えられるはずなんかなかった。

ほんの数度擦られただけで、これまでの我慢なんか吹き飛んでしまう。抑えがたい程に射精衝動が膨れ上がってくる。

「いいよ……出してても。ううん……出して……あたしの胸で……ビュッビュって熱い汁……たくさん出して……んっんっんっんっんっ」

ぐっじゅ！　ぬじゅううっ！　ぐっじゅぐっじゅぐっじゅぐっじゅぐっじゅっ……。

その射精衝動を後押しするみたいに、姫はより大きく上半身をくねらせてきた。しかも、それだけでは終わらない。

乳房の間から顔を覗かせる亀頭に唇を寄せてきたかと思うと――

「むっちゅ……んちゅうっ……」

躊躇なく口唇を押し当ててきた。

チュッチュチュッチュッと亀頭に繰り返しキスをしてくる。

「んっも……もむうっ！　もっもっもんんっ」

その上で口唇を開き、肉先を咥え込んできた。

舌を尿道口に這わせてくる。頬を窄め、ジュルジュルと肉先を吸い立ててくる。肉茎を乳房で挟み込み、扱きながら……。

「す……ご！　や……ばいっ！　これ……ヤバすぎる！　無理……姫ちゃん……出る！　もう……で……るよぉおおっ！」

パイズリにフェラチオ――どちらか一つでも十分すぎるほど心地いいのに、それが二つ同時に敏感部を襲ってくる。最早自分の意思でどうにかできる様な状況ではなかった。

「いひよ……きれ……。らひて……あたひのくひに……んっじゅ……むじゅううっ……。ゆ……ゆふきゅんの……しぇーえき……たくひゃんらひてぇ！　もっじゅ！　むぼおおっ！　おっぼ！　んじゅううう！　んじゅっぼ……じゅっぽじゅっぽじゅっぽっ――じゅぼぉおおおおっ！」

　肉先を吸引しながら、乳房による圧迫を強めてくる。

　刹那、祐馬の視界は弾ける快感によって真っ白に染まった。

「うっく！」

　ぶびゅばっ！　どっびゅ！　どっびゅどっびゅどっびゅどっびゅ――どびゅるるぅっ！

　小さく呻くと共に、多量の白濁液を姫の口腔に向かって撃ち放つ。その量は自分でも驚いてしまう程のものだった。一瞬で姫の口腔は肉汁塗れとなる。

「おぶううっ！　むっぶ！　んぶうううっ!!」

　それだけの射精量は姫も予想外だったのだろうか？　驚いた様に瞳を見開いてきた。

　しかし、それでも肉棒を離そうとはしない。それどころかより強く乳房で肉茎を圧迫しつつ、更に精液を吸い出そうとするように肉先を啜るなどと言う行為まで行ってくれた。

「うああ！　くふううっ！」

　そのお陰だろうか？

　肉先からは更に精液が溢れ出す。

　自分の中のすべてが吸引されてしまうのではないか？　とさえ思える程の愉悦を感じつ

つ、祐馬はひたすら恋人の口内に肉汁を流し込み続けた。流し込んだ精液によって頬が内側からプクッと膨らむほどに……。

「むっふ……んふううう……」

その様な状態で鼻で息をしつつも、姫はペニスを咥えたまま笑ってくれる。

そのまま──

「んっぎゅ……ごきゅっごきゅっ……んげっほ……げほっげほっ……んっんっ……んんんんっ♥」

ゴクゴクと喉を鳴らし、幾度も噎せながらも、精液を最後の一滴まで飲み干してくれた。

「んっぷ……けぷぅっ……。んふうう……はぁっはぁっはぁっ……ごちそうさま……祐くん……♥」

口端から唾液を零しつつ、未だ肉棒を乳房で挟み込んだまま上目遣いで見つめてくる。

「姫ちゃん……僕……」

あまりに淫靡すぎる姿だった。

射精した直後にもかかわらず、ペニスは萎えるどころか更に膨れ上がっていく。口だけでは足りない。姫のすべてが欲しいという様に……。

「あたしと……したい……？」

「うん。したいよ」

「そっか……ふふ、それじゃあ……お願いして……あたしのおま○こにおちんちん挿入れたいですって」

鼻息が亀頭に届くほどの距離で、妖艶にそう命じてくる。

「挿入れたい。挿入れたいよ……。姫ちゃんのおま○こに……僕のち……ちんちん……挿入れたい……。挿入れたいです」

逆らうことなんかできない。できるはずがなかった。

「ふふ、よく言えたね。それじゃぁ……ご褒美をあげる♪」

言葉と共に胸の谷間からペニスを引き抜くと、祐馬の目の前でホットパンツを脱いでくれた。ローレグのショーツも下ろし、クパッと淫らに花開いた肉花弁を露わにしてくれる。

「あたしの……び……ビッチおま○こでたっくさん気持ちよくなってね♪」

ちょっと恥ずかしそうな言葉と共に祐馬に跨がってきた。その状態で肉茎に手を添えると、ゆっくり腰を下ろしてくる。

ぐっちゅ……ぬじゅううっ……。ぐじゅぶっ……。じゅぶううっ……。

「うあっ！　くあぁあああっ！」

咥え込まれていく。肉棒が柔らかく、蕩けきった肉壺に沈み込んでいく。

ペニス全体にきつい膣壁が絡み付いてくるのを感じた。達したばかりで敏感になった肉槍を、襞の一枚一枚が締めつけてくる。口だけじゃない。子宮にも精液を流し込んで欲しいと訴えるみたいに……。

「はぁあああ……。挿入って……んっふ……はふううっ……。は……いって来る……。おちんちん……祐くんのおちんちん……あたしのお……奥まで来るよ。これ……んっふ……はふうう……。大きい。大きくて……気持ちいい」

「僕もだよ。僕も気持ちいい。姫ちゃんの膣中とってもいいよ」

言葉だけじゃない。肉体でも喜びを訴えるみたいに、ズブズブという沈み込みに合わせてヒクンッヒクンッと肉棒を震わせた。

「動いてる。おちんちんが……あっあっ……あたしの……んふううっ……膣中でピクピクしてるよ。これ……すっごい……この動きだけでイッちゃいそうなくらい……いいわ」

「いいよ……イッて……。姫ちゃん……イッていいよ」

というよりもイかせたい。自分のペニスでイッて欲しい。

「ふふ……ありがとう祐くん……。でもね……まだだよ。まだイカない……。イキそうだけど……イカないの……んっく……あんんっ……んっんっんんんっ」

イキそう――その言葉は事実だろう。

実際それを証明する様に、姫の膣壁は挿入段階から痙攣を始めていた。今にも達しそうな程に膣壁は収縮している。まだ挿入したばかりだというのに子宮も下り、子宮口を亀頭に吸い付けてきてさえいた。

それでも姫はイカないと言う。どうしてだろうか？　何故だろう？　それを問うと、姫は「そんなの決まってるじゃない」と言って笑ってくれた。

「イク時は……一人じゃない……。一緒……祐くんと……あっ♥　あっ♥　い……っしょが……んっく……はふうう……い……いいんだから」

その言葉と共に唇を寄せてくる。

「むっちゅ……んちゅうっっ……。ちゅぶるっ……ぐっちゅ……ふちゅううっ……」

全身で強くこちらの身体を抱き締めながら、舌を挿し込んでくる深いキスをしてくれた。

結合部と唇だけじゃない。まるで全身が姫と一つに混ざり合っていく様な気がする。

「姫ちゃん……。うん……一緒……一緒にイこう」

気持ちは同じだった。

挿し込まれた舌に舌を絡めつつ、ガタガタとパイプイスを揺らす様な勢いで、姫の膣奥を突き上げる様な勢いで腰を振る。

「んくっ……はふぁあああっ！　あっあっ……あんんんっ……」

ズンという突き込みに合わせて、より祐馬の肉体を抱く腕に力を込めてきた。

「届く。当たる。あたしの子宮に……んんんっ……祐くんのおちんちん……当たってるよ♥　これ……ドロドロになっちゃいそう。あたしの頭の中まで……滅茶苦茶にかき混ぜられてるみたい……。いい……。いいよ♥　気持ちいいよ祐くん♥」

嬉しそうな、心地よさそうな、妖艶な女の顔を姫は浮かべる。それと共に——

ぐっじゅ……ずじゅううっ！　ぐっじゅぐっじゅぐっじゅぐっじゅぐっじゅっ……。

姫もグラインドを開始してくる。肉壺全体で肉槍を締めつけながら、淫らな舞いでも舞うかの様に腰を振り、卑猥な音色を奏でてきた。

「あっあっあっあっあっ」

ピストンのたびに可愛らしい声で啼く。

結合部から分泌させる愛液量を増やし、ペニス全体に絡めてくる。ただでさえ熱い膣中が、抽挿のたびにより火照っていくのが分かった。

卑猥な交わりの激しさに比例する様に増していく濃厚すぎる発情臭が、室内全体に広がっていく。嗅ぐだけで頭がクラクラする程、女を感じさせる匂いだった。

ドクンッと自然とペニスが鼓動する。膨れ上がる興奮や、刻まれる快感の肥大化に後押しされるように、挿入時より一回りも二回りもペニスは膨れ上がっていった。

「これ……お……大きくなってる♥　す……ごい……んっく……あああ……あたしの膣中……おちんちんの形に……んんん……か……変えられて……いくみたい……。いい……。これ……感じる。おちんちんよすぎておかしくなっちゃいそう」

「変になっていい。おかしくなっていいよ。うん……見せて、変になった、おかしくなった姫ちゃんを僕に見せて！」

狂わせたい。自分の肉棒で姫をおかしくしたい。頭の中にまで肉棒の快感を刻んであげたい。姫のすべてに自分自身を……。

「うん。見て……あたしを見て……祐くん……。おかしくなってくあたしを……。祐くんのおちんちんで……祐くんのものに変えられてくあたしを見て♥」

姫が口にした言葉は、祐馬の気持ちを察したかの様なものだった。

心地よさそうに表情を蕩かせつつ、グラインド——というよりも祐馬の腰に自分の腰を激しく打ち付けてくる。ジュパンッジュパンッという音色が響く程の勢いで……。

これに応える様の祐馬も腰を打ち振るう。叩き付けられる姫の腰に合わせる様に、自分自身も肉槍を叩き付けていく。

肉壺を抉《えぐ》り、子宮口を穿《うが》つ。入り口だけではなく、子宮内まで犯そうとする様な勢いで幾度も幾度も幾度も幾度も……。

「んぁあああっ！　あっあっあっあっあっ‼」

最早言葉はない。ただ、嬌声だけが室内に響き渡る。心地よさそうな鳴き声だけが、控え室中に響き渡る。

互いに腰を振り合いながら、時にはキスをする。

唾液と唾液を交換し、体液と体液を混ぜ合わせていく。互いに互いの身体に自分自身を溶かし、混ぜ合わせていくように……。

「い……イクっ！　イクよ……祐くん……あたし……もうっ……もう……っ！」

「僕もだよ……。僕も……もう……イクっ！　ああ……出るよ！」

絶頂感が二人の肉体を包み込む。

「来て！　出して！　祐くん……。膣中……あたしのおま○こ……ビッチおま○こに祐くんのおちんちんミルクたくさん……あっあっあっ！　た……くさん……出してぇっ♥　んっちゅ……むちゅっ！　ふじゅううっ‼」

射精を求める言葉と共に、再び唇を重ねてきた。頬を窄め、激しく祐馬の口腔を啜ってくる。貪ってくる。

「くぁああっ！」

刹那、頭の中が真っ白に染まり――

どびゅばっ！　ぶっびゅっ！　どっびゅどっびゅどっびゅ――どびゅるるるぅっ！

射精が始まった。

「んんんっ！　むっふ……んふぅうううっ♥♥♥」

この射精と同時に、キスをしたまま姫も絶頂に至る。

心地よさそうに表情を歪ませながら、身体中を激しく痙攣させる。祐馬の背中に爪を突き立てる程の力で激しくこちらの身体を抱き締めながら、蜜壺全体でペニスを締めつけ、精液を最後の一滴まで搾り出してくれた。

「はふあっ……んふううっ……♥」

やがて心地よさそうな吐息を漏らしつつ、全身を弛緩させていく。

「はぁあああ……よかった……。祐くん……あたし……とってもよかったよ……♥」

ゴポリゴポリと結合部から精液を零しつつ、そう言って姫は微笑んでくれた。

「僕もよかったよ」

祐馬も素直な気持ちを口にする。

「そっか……嬉しい♥」

こちらの言葉に姫は微笑むと、再び祐馬の身体を抱き締める腕に力を込めてくれた。

祐馬も姫を抱き返す。

絶頂後の脱力感に身体中を包み込まれながら、心地いい姫の体重や体温を全身で受け止め続けた。

「……あのさ……あたしやっぱり……」

そうしてしばらくの間抱き合い続けた後、姫が唐突に口を開いてきた。

「やっぱり？」

「その……ビッチかも知れない……」

「え？　それって……？」

どういうこと？　と尋ねようとした瞬間、ドンドンッと控え室のドアがノックされた。

「おい、時間だぞ」

時子の声が聞こえてくる。

「へ？　あ……もうそんな時間？」

慌てる様な表情を浮かべ「あんっ♥」姫はズプッとペニスを抜いて立ち上がった。

脱いだショーツやホットパンツを穿く。

「って……そういえば衣装……どうしよう？」

このまま出てもいいものか？　それを問いかけてくる様な視線を祐馬へと向けてきた。

「正直言うと、姫ちゃんの肌……誰にも見せたくないよ。でも、見てもらいたいって気持ちもある。こんな素敵でエッチな身体をした女の子が僕の彼女なんだって」

視線に応える様にそう口にした。

これを受け姫は「……うん。あたし……祐くんの彼女だよ。祐くんだけの恋人」などという言葉を口にし、ほっぺにチュッとキスをしてくれた。

「それじゃあこのまま出るね……。でも、その前にさっきの言葉の続き……」

そっと頬から唇を離すと、耳元で囁いてくる。

「あたし……やっぱりビッチって気付いた。とってもエッチなことが好きなんだって……。だけどね、それは……祐くん限定。どんな格好しても、どんな姿を人に見せても、本当にエッチな姿を見せるのは祐くんの前だけでだよ。あたしは祐くん専用のビッチギャルなんだからね♥」

そう言って笑う。

その微笑みはとっても蠱惑《こわく》的で、本当の小悪魔みたいに見えるくらい可愛らしいものだった。

「ずっとずっと……一緒だよ♥　大好き」

僕は世界で一番の幸せものだ——と、心の底から思うことができる言葉だった。

二次元ドリーム文庫 新刊情報
2D POCKET NOVELS NEW RELEASE

二次元ドリーム文庫 第327弾

とある王子の大国喰い《ロイヤルイーター》
W美少女姫とHな女王様で母娘丼

大国クレーヴェルの人質となった小国の王子ウィル。彼は、クレーヴェルの姫や女王を自慢のエロテクで籠絡して、内部から国を乗っ取ろうと考えていて!?　小国王子のエロ下剋上が始まる！

小説●筆祭競介　挿絵●鈴木玖

4月中旬 発売予定!

二次元ドリーム文庫 第328弾

おっぱい騎士《ナイト》を調教してみませんか?

学園中の生徒が憧れる高潔美麗な少女騎士アナスタシアの誰にも言えない秘密――制服の下に押し込められた超敏感な爆乳を知ってしまった好太は、彼女を手助けするべく、爆乳をエッチに調教することに！

小説●089タロー　挿絵●ホロすけ

4月中旬 発売予定!

二次元ドリーム文庫 第329弾

百合色コーディネート
ふたりのキス模様

ファッションデザイナーを夢見る夏希と、現役モデルを務める茉友。学園生活で出会い、百合恋に目覚めた少女たちが過ごす、キスとラブがいっぱいの甘酸っぱい時間！

小説●あらおし悠　挿絵●瀬奈茅冬*

4月中旬 発売予定!

二次元ドリーム文庫 第330弾

ハーレムパンデモニウム

主人公ユーマは巡見使として地方領主マージェニック家の調査に来ていた。そこは「悪魔の棲む土地」と言われる場所にある女だけの城……。男に飢えた魔性の女たちが住まう屋敷で、ダークで危険な誘惑合戦が始まる！

小説●竹内けん　挿絵●黒澤清崇

4月中旬 発売予定!

本作品のご意見、ご感想をお待ちしております

本作品のご意見、ご感想、読んでみたいお話、シチュエーションなど
どしどしお書きください！　読者の皆様の声を参考にさせていただきたいと思います。
手紙・ハガキの場合は裏面に作品タイトルを明記の上、お寄せください。

◎アンケートフォーム◎　**http://ktcom.jp/goiken/**

◎手紙・ハガキの宛先◎
〒104-0041 東京都中央区新富 1-3-7 ヨドコウビル
(株)キルタイムコミュニケーション　二次元ドリーム文庫感想係

僕の彼女は処女ビッチ生徒会長!?

2015 年 3 月 21 日　初版発行

【著者】
上田ながの

【発行人】
岡田英健

【編集】
平野貴義

【装丁】
キルタイムコミュニケーション制作部

【印刷所】
株式会社廣済堂

【発行】
株式会社キルタイムコミュニケーション
〒104-0041　東京都中央区新富1-3-7ヨドコウビル
編集部　TEL03-3551-6147 ／ FAX03-3551-6146
販売部　TEL03-3555-3431 ／ FAX03-3551-1208

禁無断転載 ISBN978-4-7992-0709-3　C0193